U0093456

國際學術研討會

古龍武俠小說 領先時代半世紀

【記者賴素鈴／報導】江湖代有才人出，這廂古龍凋零二十載，那廂今朝懸賞百萬獎新秀，浪淘不盡，唯有武俠熱愛，不隨時間變易，在學術研討會上更見分明。以「一代鬼才：古龍與武俠小說」爲主題，淡江大學第九屆文學與美學國際學術研討會昨起在國家圖書館，展開爲期兩天的議程，紀念武俠小說家古龍逝世二十周年，新生代學者與古龍故舊齊聚一堂，以文論劍話武俠。

日前與淡大中文系教授林保淳共同發表《台灣武俠小說發展史》，武俠小說評論家葉洪生昨天在專題演講中，直批胡適1959年底發表「武俠小說下流論」是「胡說」，學界泰斗的不當發言以及隨即展開的「暴雨專案」，反而促成1960年起台灣武俠新秀的繁興，「武俠小說迷人的地方，恰恰在門道之上。」，葉洪生認定，武俠小說審美四原則在文筆、意構、雜學、原創性，他強調：「武俠小說，是一種『上流美』。」

集多年心血完成《台灣武俠小說發展史》，葉洪生認爲他已爲從十歲起迷上武俠小說的半世紀畫上完美句點，並且宣布他「以後決心退出武俠論壇，封劍退隱江湖」。

雖然葉洪生回顧武俠小說名家此起彼落，套太史公名言「固一世之雄也，而今安在哉？」，認爲這是值得深思的嚴肅課題，昨天意外現身研討會而備受矚目的溫世禮，則爲了紀念同是武俠迷的哥哥溫世仁，推出第一屆「溫世仁武俠小說百萬大賞」，即日起至今年10月3日截止收件，經兩階段評選後於明年12月7日公布首獎得主，預料將會是一場武林新秀的龍虎爭霸戰。

看明日誰領風騷？風雲時代出版社發行人陳曉林眼中的古龍，其實領先他的時代半世紀，以致如今雖然古龍逝世20年，陳曉林認爲大家對古龍的了解仍然有限，預言未來世代更能和古龍的後設風格共鳴。

昨天這場研討會，也凸顯武俠小說作爲一項文學研究門類，仍有待開發學習空間。多位與會者都指出，武俠小說的發表、出版方式和管道具考證難度，學術理論與論文格式的建立待加強。而武俠名家的版權之爭、市場競爭力，也增加出版推廣困難，古龍武俠小說的版權糾紛、司馬翎作品的版權官司也成爲研討會的場外話題。

與

第九屆文學與美

古龍兄為人慷慨豪邁、跌蕩自如，變化多端，文如其人，且復多奇氣，惜英年早逝，余與古兄昔年交好，且喜讀其書，今既不見其人，又無新作可讀，深自嘆惜。

金庸

一九九六、十、十一、香港

歡樂英雄

(中)

古龍精品集54

歡樂英雄(中)

目錄

十七 誤會

一

燕七道：「因爲我親眼看到的。」

王動道：「看到什麼？」

燕七道：「看到他跟活剝皮嘀咕了半天，活剝皮拿出了錠銀子給他，他就跟活剝皮走了。」

王動怔了怔，道：「你沒有追過去問？」

燕七冷笑道：「我追去幹什麼？我又不想做活剝皮的跟班。」

林太平忽然嘆了口氣，道：「假如只不過是做跟班，跟著他到城裡去走一趟，倒也沒什麼關係，但我看這件事絕不會如此簡單。」

當然不會如此簡單。

假如活剝皮真的只不過想找個跟班，爲了五錢銀子就肯做他跟班的人滿街都是，他又何必一定到這裡來找他們？

林太平接著道：「活剝皮自己也說過，他這樣做必定另有用意，我看他絕不會幹什麼好事。」

燕七道：「能讓活剝皮這種人心甘情願拿出五百兩銀子來的，只有一種事。」

林太平道：「哪種事？」

燕七道：「賺五千兩銀子的事。」

林太平道：「不錯，若非一本萬利的事，他絕不肯掏腰包拿出五百兩銀子來。」

燕七道：「真正能一本萬利的，也只有一種事。」

林太平道：「哪種事？」

燕七道：「見不得人的事。」

林太平道：「不錯，我看他不是去偷，就是去騙，又生怕別人發覺後對他不客氣，所以才來找我們做他的保鏢。」

他嘆了口氣，接著道：「這道理郭大路難道想不到麼？」

燕七冷笑道：「連你都能想得到，他怎麼會想不到，他又不比別人笨。」

王動一直在注意著他臉上的表情，此刻忽然道：「你若認爲他不該去，爲什麼不攔著他？」

燕七冷冷道：「一個人若是自己想往泥坑跳，別人就算想拉，也拉不住的。」

王動道：「所以你就眼看著他跳下去？」

燕七咬著嘴唇，道：「我……我……」

他忽然轉身衝了出去，眼睛尖的人，就能看到他衝出去的時候已經淚汪汪，好像氣得快哭出來了。

王動的眼睛很尖。

他一個人坐在那裡，發了半天怔，忽然嘆了口氣，喃喃道：「愛之深，責之切，看來這句話倒真是一點也不錯。」

林太平道：「你在說什麼？」

王動笑笑，道：「我在說，到現在我還是不信小郭會做這種事，你呢？」

林太平遲疑著，道：「我……我也不太相信。」

王動道：「你至少總是還有點懷疑，是不是？」

林太平道：「是的。」

王動道：「但燕七卻一點也不懷疑，已認定了小郭會做那種事，你可知道爲了什麼？」

林太平想了想，道：「我也有點奇怪，他和小郭的交情本來好像特別好。」

王動又嘆了口氣，道：「就因爲交情特別好，所以才如此。」

林太平又想了想，道：「爲什麼呢？我不懂。」

王動道：「朱珠忽然失蹤，我們都想到可能有別的原因，但小郭卻想不到，所以就往最壞的地方去想，那又是爲了什麼呢？」

林太平道：「因爲他對朱珠用情太深，所以……」

王動道：「所以腦筋就不清楚了，對不對？」

林太平道：「對。」

愛情可以令人盲目，這道理大多數人都知道。

王動道：「你若對一個人用情很深，那麼你對他的判斷就不會正確；因爲，你平時只能看到他的好處，但只要一有了個小小的變化和打擊，你就立刻會自責自怨，患得患失，所以就忍不住要往最壞的地方去想。」

林太平忽然笑了笑，道：「你的意思我懂，只不過這比喻卻好像不太恰當。」

王動道：「哦？」

林太平笑道：「你怎麼能拿朱珠和小郭的事來比？小郭對朱珠的情感，怎會跟燕七對小郭的情感一樣？」

王動也笑了。

他好像已發覺自己說錯了話，又好像覺得自己話說得太多。

所以他就不說話了。

只不過他還在笑，而且笑得很特別。

直等看到燕七從院子裡往外走的時候，他才開口，道：「你想出去？」

燕七眼睛還是紅紅的，勉強笑道：「今天天氣好了些，我想出去打打獵。」

林太平站起來，笑道：「我也去，今天再不出去打獵，只怕就真的餓死了。」

王動笑笑，道：「小郭身上既然有了銀子，就絕不會讓我們餓死，你爲什麼不等他回來？」

燕七立刻沉下了臉：「我爲什麼要等他回來？」

王動道：「就算爲了我，行不行？」

燕七低下頭，站在院子裡。

天雖已放晴，風卻還是冷得刺骨。

燕七卻彷彿一點也不覺得冷，站在那裡呆了很久，才冷笑道：「他若不回來呢？」

王動又笑笑，道：「他若不回來，我就請你們吃狗肉。」

林太平忍不住道：「這種天氣，到哪裡找狗去？」

王動道：「用不著找，這裡就有一條。」

林太平道：「狗在哪裡？」

王動指著自己的鼻子，道：「這裡。」

林太平眨眨眼，忍住笑道：「你是狗？」

王動道：「不但是狗，而且是條土狗。」

林太平終於忍不住笑了。

王動卻不笑，淡淡的接著道：「一個人若連自己的朋友是哪種人都分不出，不是土狗是什麼？」

二

王動不是土狗。

郭大路很快就回來了，而且大包小包的帶了一大堆東西回來。

小包裡是肉，大包裡是饅頭，最小包裡是花生米。

既然有花生米，當然不會沒有酒。

沒有花生米也不能沒有酒。

郭大路笑道：「我現在已開始有點懷念麥老廣了，自從他一走，這裡就好像再也找不出一個滷菜做得好的人。」

王動道：「至少還有一個。」

郭大路道：「誰？」

王動道：「你——假如你開家飯館子，生意一定不錯。」

郭大路笑道：「這倒是好主意，只可惜還有一樣不對……」

王動道：「哪樣？」

郭大路道：「我那飯鋪生意再好，開不了三天也會關門。」

王動道：「爲什麼？」

郭大路笑道：「就算我自己沒有把自己吃垮，你們也會來把我吃垮的。」

燕七突然冷笑道：「放心，我絕不會去吃你的。」

郭大路本來還在笑，但看到他冷冰冰的臉色，不禁怔了怔道：「你在生氣？我又有什麼地方得罪了你？」

燕七道：「你自己心裡明白。」

郭大路苦笑道：「我明白什麼？——我一點也不明白。」

燕七也不理他，忽然走到王動面前，道：「你雖然不是土狗，但這裡卻有條走狗！土狗還沒關係，走狗我卻受不了。」

郭大路瞪大了眼睛，道：「誰是走狗？」

燕七還是不理他，冷笑著往外走。

郭大路眼珠子一轉，好像忽然明白了，趕過去攔住了他，道：「你以爲我做了活剝皮的走狗？你以爲這些東西是我用他給我的訂金買來的？」

燕七冷道：「這些東西難道是天上掉下來的、地上長出來的不成？」

郭大路看著他，過了很久，忽然長長嘆了口氣，喃喃的道：「好，好……你說我是走狗，我就是走狗……你受不了我，我走。」

他慢慢的走出去，走過王動面前。

王動站起來，像是想攔住他，卻又坐了下去。

郭大路走到院子裡，抬起頭，樹上的積雪一片片被風吹下來，灑得他滿身都是。

他站著不動。

雪在他臉上溶化，沿著他面頰流下。

他站著不動，他本來是想走遠些的，但忽然間走不動了。

燕七沒有往院子裡看，他也許什麼都已看不見。

他的眼睛又紅了，突然跺了跺腳，往另一扇門衝過去。

王動的手卻已伸過來，攔住了他，道：「你先看看這是什麼？」

他手上有樣東西，是張花花綠綠的紙。

燕七當然知道是什麼，這樣的紙他身上也有好幾張。

「這是當票。」

王動道：「你再看清楚些，當的是什麼？」

當票上的字就和醫生開的藥方一樣，簡直就像是鬼畫符，若非很有經驗的人，連一個字都休想認得出。

燕七很有經驗，活剝皮的當票他已看過很多。

「破舊金鍊子一條，破舊金雞心一枚，共重七兩九錢，押紋銀五十兩。」

明明是全新的東西，一到了當舖裡，也會變得又破又舊。

天下的當舖都是這規矩，大家也見怪不怪，但金鍊子居然也有「破舊」的，就未免有點太說不過去了。

燕七幾乎想笑，只可惜實在笑不出。

他就好像被人打了一耳光，整個人都怔住。

王動淡淡笑道：「當票是我剛才從小郭身上摸出來的，我早就告訴過你們，我若是改行做小偷，現在早就發財了。」

他嘆了口氣，喃喃道：「只可惜我實在懶得動。」

燕七也沒有動，但眼淚卻已慢慢的從面頰上流了下來……

「就算是最好的朋友，有時也會發生誤會的。」所以你假如跟你的朋友有了誤會，一定要給個機會讓他解釋。

「一件事往往有很多面，你若總是往壞的那面去想，就是自己在虐待自己。」所以你就算遇著打擊也該看開些，想法子去找那光明的一面。

誰也沒有權虐待別人，也不該虐待自己。

這就是王動的結論。

王動的結論通常都很正確。

正確的結論每個人最好記在心裡。

三

世上本沒有絕對好的事，也沒有絕對壞的。

失敗雖不好，但「失敗爲成功之母」。

成功雖好，但往往卻會令人變得驕傲、自大，那麼失敗又會跟著來了。

你交一個朋友，當然希望跟他成爲很親近的朋友。

朋友能親近當然很好，但太親近了，就容易互相輕視，也當然發生誤會。

誤會雖不好，但若能解釋得清楚，彼此間就反而會瞭解得更多，情感也會變得更深一層。

四

無論如何，被人冤枉的滋味總是不太好受的。

假如說世上還有比被人冤枉了一次更難受的事，那就是一連被人冤枉了兩次。

燕七也被人冤枉過，他很明白郭大路此刻的心情。

他自己心裡比郭大路更難受。

除了難受外，還有種說不出的滋味，除了他自己外，誰也不知道是什麼滋味，只想好好的去大哭一場。

他已有很久沒有好好的哭過，因爲一個男子漢，是不應該那麼哭的。

唉，要做一個男子漢，可實在不容易。

他當然知道現在應該去找郭大路，但去了之後說什麼呢？

有些話他不願說，有些話他不能說，有些話他甚至不敢說。

他心裡正亂糟糟的，不知道該如何是好，忽然看到一隻手伸出來，手上拿著一杯酒。

他聽到有人在對他說：「你喝下這杯酒，我們就講和好不好？」

他的心一跳，抬起頭，就看到了郭大路。

郭大路臉上並沒有生氣的表情，也沒有痛苦之色，還是像平時一樣，笑嘻嘻的看著他。

這副嘻皮笑臉，吊兒郎當的樣子，燕七平時本來有點看不慣。

他總覺得一個人有時應該正經些、規矩些。

但現在也不知爲了什麼，他忽然覺得這樣子非但一點也不討厭，而且可愛極了。

他甚至希望郭大路永遠都是這樣子，永遠不要板起臉來。

因爲他忽然發覺這才是他真正喜歡的郭大路，永遠無憂無慮，開開心心的；別人就算得罪了他，他也不在乎。

郭大路笑道：「肯不肯講和？」

燕七低下頭，道：「你……你不生氣了？」

郭大路道：「本來是很生氣的，但後來想了想，非但不生氣，反而很開心。」

燕七道：「開心？」

郭大路道：「你若不關心我，我就算做了烏龜王八蛋，和你一點關係都沒有，你也用不著生氣的。就因爲你是我的好朋友，所以才會對我發脾氣。」

燕七道：「可是……我本不該冤枉你的，我本來應該信得過你。」

郭大路笑道：「你冤枉我也沒關係，揍我兩拳也沒關係，只要是我的好朋友，隨便幹什麼都沒關係。」

燕七笑了。

他笑的時候，鼻子先輕輕皺了起來，眼睛裡先有了笑意。

他臉上還帶著淚痕，本來又黑又髒的一張臉，眼淚流過的地方，就出現了幾條雪白的淚痕，就像是滿天烏雲中的陽光。

郭大路看著他，彷彿看呆了。

燕七又垂下頭，道：「你死盯著我幹什麼？」

郭大路笑了笑，又嘆了口氣，道：「我在想，酸梅湯的眼光真不錯，你若肯洗洗臉，一定是個很漂亮的小伙子，也許比我還漂亮得多。」

燕七想板起臉，卻還是忍不住「噗哧」一笑，接過了酒杯。

王動看著林太平，林太平看著王動，兩個人也全都笑了。

林太平笑道：「我早上本來不喜歡喝酒，但今天卻真想喝個大醉。」

人生難得幾回醉。

遇著這種事，若還不醉，要等到什麼時候才醉？

郭大路忽又嘆了口氣，道：「只可惜今天我不能陪你醉。」

林太平道：「爲什麼？」

郭大路道：「因爲，今天我還有事，還得下山去一趟。」

這小子身上一有了錢，就在家裡耽不住了。

燕七咬了咬嘴唇，道：「下山去幹什麼？」

郭大路眨眨眼，道：「我跟一個人有約會。」

燕七的臉色好像變了變，悄悄別過臉，道：「跟誰有約會？」

郭大路道：「活剝皮。」

燕七的眼睛立刻又亮了，卻故意板著臉，道：「你跟他約好了？」

郭大路道：「他沒有約我，我卻要去找他。」

燕七道：「找他幹什麼？」

郭大路道：「他肯出五百兩銀子，一定沒存什麼好主意，所以我要去看看，看他究竟想要剝誰的皮？」

五

雪開始溶化，積雪的山路上滿是泥濘。

但燕七一點也不在乎，他的腳踩在泥濘中，就好像踩在雲端上。因爲郭大路就走在他身旁，他甚至可以感覺到郭大路的呼吸。

郭大路忽然笑了笑，道：「今天，我又發現了一件事。」

燕七道：「哦？」

郭大路道：「我發現王老大實在瞭解我，天下只怕再也找不出第二個人能這麼瞭解我的。」

燕七點點頭，幽幽道：「他的確最能瞭解別人，不但是你，所有的人他都瞭解。」

郭大路道：「但最同情我的人卻是林太平，我看得出來。」

燕七遲疑著，終於忍不住問道：「我呢？」

郭大路道：「你既不瞭解我，也不同情我，你不但對我最凶，而且好像隨時隨地都在跟我鬥嘴、鬥氣……」

燕七垂下了頭。

郭大路忽又笑了笑，接著道：「但也不知爲了什麼，我還是覺得對我最好的也是你。」

燕七嫣然一笑，臉已彷彿有點發紅，又過了很久，才輕輕道：「你呢？」

郭大路道：「有時我對你簡直氣得要命，譬如說今天，王老大若那樣對我，我也許反而不會那麼樣生氣，也許立刻就會對他解釋，可是你……」

燕七道：「你只對我生氣？」

郭大路嘆道：「那也只因爲我對你特別好。」

燕七眨眨眼，忽然笑道：「有多好？」

郭大路沉吟著，道：「究竟有多好，連我也說不出來。」

燕七道：「說不出來就是假的。」

郭大路道：「但我卻可以打個比喻。」

燕七道：「什麼比喻？」

郭大路道：「爲了王老大，我會將所有的衣服都當光，只穿著條底褲回來。」

他笑笑，接著道：「但爲了你，我可以將這條底褲都拿去當了。」

燕七嫣然笑道：「誰要你那條破底褲。」

說完了這句話，他的臉又紅了，郭大路的底褲破不破，他怎麼知道？

幸好他的臉又髒又黑，就算臉紅時也看不出。

可是他眼睛裡那種表情，那種溫柔甜美的笑意，帶著些羞澀發嬌的笑意，若有人還看不出，那人不但是呆子，簡直就是個瞎了眼的呆子。

郭大路看著他的眼睛，忽又笑道：「我還有個比喻。」

燕七道：「你說。」

郭大路笑道：「我雖已發誓不成親，但你若是女的，我一定要娶你做老婆。」

燕七道：「誰做你的老婆，那才是倒了八輩子窮楣了。」

他聲音好像已有點不大對，忽然加快腳步，走到前面去。

郭大路並沒有追上去，只是看著他的背影，彷彿已看得出神。

這時天色忽然開朗，一線金黃色的陽光，破雲直照了下來，照著大地，照著燕七，也照著郭大路。

這陽光就像是特地爲他們照射的。

十八　剝誰的皮？

一

活剝皮的當舖叫「利源當舖」。

利源當舖就在麥老廣燒臘店的對面。

現在麥老廣的招牌已卸了下來，有幾個人正在粉刷店面。

想到麥老廣，郭大路和燕七心裡不禁有很多感慨。

他們畢竟在這裡有許多快樂的時候。

他們並不是多愁善感的人，卻常常容易被很多事所感動。

利源當舖門口，停著輛馬車。

當舖的門還沒有開，今天好像不準備做生意了。

郭大路和燕七交換了個眼色，剛走過旁邊的小巷裡，就看到活剝皮縮著腦袋從小門裡走出來，眼睛鬼鬼祟祟的四下打量著，懷裡緊緊抱著個包袱。看到四下沒人，就立刻跳上了馬車。

馬車的門立刻關緊，連車窗的簾子都放了下來。

當舖裡又慢吞吞的走出了個老太婆，手裡提著桶垃圾。

郭大路當然認得這老太婆，她並不是活剝皮的老婆，只不過是替他燒飯打雜的；因爲年紀太老，所以除了吃飯外，活剝皮連一文工錢都不給她，但要她做事的時候，卻又拿她當個小伙子。

郭大路常常覺得奇怪，這老太婆怎麼肯替活剝皮做下去的。

替活剝皮這種人做事，若是萬一有個三長兩短，也許連口棺材都沒有。

只聽活剝皮在車裡大聲道：「把門關上，千萬不要放任何人進去，我明天早上才回來。」

於是趕車的一揚鞭子，馬車就直奔大路。

郭大路和燕七突然從弄堂裡衝出來，一邊一個，跳上了車轅。

窗子立刻開了，活剝皮探出了頭，顯得很吃驚的樣子，等看到是他們時更吃驚，道：「你們想幹什麼？」

郭大路笑道：「沒什麼，只不過想搭你的便車到城裡去。」

活剝皮立刻搖頭，道：「不行，我這輛車說好了不搭人的。」

郭大路笑嘻嘻道：「不行也得行，我們既然已上了車，你難道還能把我們推下去？」

燕七也笑道：「反正你本來就想請我們陪你去走一趟的。」

活剝皮道：「我找的不是你們……」

他好像忽然發覺自己說錯了話，立刻閉上了嘴。

燕七道：「不是我們？你難道改變了主意？」

活剝皮臉色已有點發白，忽又笑道：「你們要搭車也行，只不過要出車錢。車錢一共是三錢銀子，剛好一人出一錢。」

他左手一拿到銀子，右手立刻開了車門。

活剝皮這樣的人也有種好處，你只要有錢給他，他總能讓你覺得每分錢都花得不冤枉。

他甚至將比較好的兩個位子讓了出來。

郭大路既已上了車，就開始打另外的主意了。

活剝皮手裡還是緊緊摟著那包袱。

郭大路忽然道：「燕七，我們打個賭好不好？」

燕七道：「好，賭什麼？」

郭大路道：「我賭他這包袱裡面有個老鼠，你信不信？」

燕七道：「不信。」

郭大路道：「好，我跟你賭十兩銀子。」

活剝皮忽又笑了，道：「你們不必賭了，我知道你們只不過想看看我這包袱，是不是？」

郭大路笑道：「好像是有點這意思。」

活剝皮道：「要看也行，看一看十兩銀子。」

郭大路倒真想不到他答應得這麼容易，他本來以爲這包袱裡一定有什麼見不得人的東西。

活剝皮左手一拿到銀子，右手立刻就解開了包袱。

包袱裡只不過是幾件舊衣服。

郭大路看看燕七，燕七看看郭大路，兩個人只有苦笑。

活剝皮笑道：「你們現在已覺得這十兩銀子花得太冤了吧？只可惜現在已收不回去了。」

他臉上帶著得意的笑意，正想將包袱紮上。

燕七忽然道：「這包袱裡有件衣服好像是林太平的，是不是？」

活剝皮乾咳了兩聲，道：「好像是吧，他反正已當給了我。」

燕七道：「當票還沒有過期，他隨時都可以贖回來，你怎麼能帶走？」

活剝皮漸漸已有點笑不出了，道：「他要贖的時候，我自然有衣服給他。」

郭大路道：「這件衣服他當了多少銀子？」

活剝皮道：「一兩五錢。」

郭大路道：「好，我現在就替他贖出來。」

活剝皮道：「不行。」

郭大路道：「有錢也不行？」

活剝皮道：「有錢還得有當票，這是開當舖的規矩，你有沒有帶當票來？」

郭大路又看看燕七，兩個人都不說話了，但心裡卻更奇怪。

活剝皮將林太平的衣服帶到城裡去幹什麼？

這衣服質料雖不錯，卻已很舊了，他爲什麼要緊緊的抱著，就好像將它當寶貝似的。

馬車一進城，活剝皮就道：「地頭已到了，你們下車吧。」

燕七道：「你不是要我們陪你逛逛嗎？」

活剝皮道：「現在已用不著，親生子不如手邊錢，能省一個總是省一個的好。」

燕七道：「我們假如肯免費呢？」

活剝皮笑道：「免費更不行了，只有現金交易的生意，才是靠得住的生意，免費的事總是有點麻煩的。」

燕七嘆了口氣，道：「那麼我們就下車吧。」

活剝皮道：「不送不送。」

燕七他們剛下車，他就立刻「砰」的關上車門。

郭大路看著馬車往前走，也嘆了口氣，道：「這人真是老奸巨猾，我實在看不出他在打些什麼鬼主意。」

燕七沉吟著，道：「他剛才說漏了嘴，說要找的不是我們，你聽見沒有？」

郭大路點點頭。

燕七道：「難道他要找的只是林太平一個人，我們都只不過是陪襯？」

郭大路道：「他找林太平幹什麼？」

燕七道：「我總覺林太平這人好像也有秘密。」

郭大路沉吟了半晌，忽然道：「你看他會不會女扮男裝的？」

燕七瞪了他一眼，道：「我看你這人只怕聽說書聽得太多了，天下哪有這麼新鮮的事？」

郭大路也不說話了。

直到馬車轉過街，兩人突然同時加快腳步，追了過去。

他們到底還是不肯死心。

馬車在一家很大的客棧門口停下。

活剝皮這種人居然捨得住這種客棧，豈非又是件怪事。

幸好這時天色已暗了下來。冬天的晚上總是來得特別早。

他們繞到這家客棧後面。翻牆掠了進去。

任何人都不會永遠倒楣的，這次他們的運氣就特別好，剛落在樹梢，就看到活剝皮走入後面跨院裡的一排廂房裡。

還是冷得很，院子裡看不見人影。

他們從樹梢掠過去，只三五個起落，就已掠上了那排廂房的屋頂。

兩人忽然都發覺對方的輕功都不錯，就好像天生是做這種事的材料。

兩人心裡都打定主意，以後一定要想法子問問對方，這份輕功是怎麼練出來的。

他們好像都忽然變得很想知道對方的秘密。

二

屋簷上也結著冰柱，窗子自然關得很緊。

幸好屋子裡生著火，所以就得將上面的小窗子打開透透氣。

從這小窗子裡望進去，正好將屋子裡的情況看得清清楚楚。

屋子裡除了活剝皮外，另外還有四個穿著很華麗、派頭很大的人，臉色陰陰沉沉的，就好像全世界的人都欠了他們的錢沒還。

燕七一眼就看出這兩人非但武功不弱，而且一定是老江湖了，其中有個人，臉上還帶著條長長的刀疤，使得他看來更可怕。

另一個人臉上雖沒有刀疤，但手臂卻斷了一條，一隻空空的袖子紮在腰帶上，腰帶上還斜插著一柄彎刀。

這樣子的彎刀江湖中並不多見，只剩下一條手臂的人，還能用這種彎刀，手底下顯然很有兩下子。

而且，若不是經常出生入死的人，身上也不會帶著這麼重的傷。

經常出生入死的人還能活到現在，派頭還能這麼大，就一定不是好惹的，郭大路想不通活剝皮怎會和這種人有交易。

活剝皮已將包袱解開，將林太平那件衣服挑了出來，送到兩人面前的桌子上，臉上帶著得意的表情，就好像在獻寶似的。

林太平這件破衣服究竟是什麼寶貝？

刀疤大漢拿起衣服來，仔仔細細看了一遍，又交給那獨臂人。

在他翻衣服的時候，郭大路也看到衣服的襯裡上好像繡著樣東西，卻看不清楚繡的是字，還是花？

獨臂人也將這衣角翻開看了看，慢慢的點點頭，道：「不錯，是他的衣服。」

活剝皮笑道：「當然不會錯的，在下做生意一向可靠。」

獨臂人道：「他的人在哪裡？」

活剝皮沒有說話，卻伸出了手。

獨臂人道：「你現在就要？」

活剝皮笑道：「開當舖的人都是現貨交易，兩位想必也知道的。」

獨臂人冷冷道：「好，給他。」

刀疤大漢立刻從下面提起個包袱，放到桌上時「砰」的一響。

好重的包袱。

「能令活剝皮先貼出五百兩銀子的，只有一件事，就是賺五千兩銀子的事。」

燕七的話顯然沒有說錯，包袱裡的銀子至少也有五千兩。

郭大路看了燕七一眼，心裡總算明白了。

這兩人一定在找林太平，而且找得很急，竟不惜出五千兩銀子的懸賞。

活剝皮早已知道這件事，但直等看到林太平的衣服時，才發現林太平是他們要找的人。

所以他就要林太平陪他到城裡來走一趟，好將林太平當面交給這兩個人；能親自將人送來，賞銀自然更多了。

但林太平究竟做了什麼事，值得別人花這麼大的價錢來找他呢？

一看到銀子，活剝皮忽然變得可愛極了，笑得連眼睛都已看不見。

刀疤大漢道：「他在哪裡，你現在總可以說了吧？」

無論林太平做了什麼事，他既然要躲這兩人，就不能讓這兩人找到他。

郭大路已準備從窗子裡衝進去了。

誰知就在這時，活剝皮臉上的笑容忽然僵住。

他眼睛直勾勾的瞪著門口，張大了嘴，卻說不出話來，那表情就好像突然被人塞了滿嘴泥巴。

郭大路順著他目光看過去，也立刻吃了一驚。

門口也不知何時走進了一個人。

這人只不過是個很普通的老太婆，並沒有什麼令人吃驚的地方，但郭大路卻做夢也想不到會在此時此地看到她。

他剛才明明還看到她提著桶垃圾，站在利源當舖門口的。

然後他們就坐著馬車到這裡來，一路上並沒有停留，這老太婆是怎麼來的，難道是飛來的嗎？

活剝皮更像是見了鬼似的，嗄聲道：「你……你來幹什麼？」

老太婆手裡捧著蓋碗，慢吞吞的走進來，搖著頭，嘆著氣道：「你吃藥的時候已到了，爲什麼總是忘記呢？我特地替你送來，快喝下去吧。」

活剝皮接過蓋碗，只聽得蓋子在碗上「咯咯」的作響。

他不但手在發抖，連冷汗都流了出來。

獨臂人和刀疤大漢臉上還是一點表情也沒有，一直冷冷的看著這老太婆，此刻突然同時出手，兩道烏光向這蓋碗上飛射而出。

他們的出手都不慢。

誰知烏光剛飛到老太婆面前，就忽然不見了。

這老太婆明明連動都沒動。

刀疤大漢臉色也有點變了。

獨臂人卻還是面無表情，冷笑道：「想不到閣下原來是位高人，好，好極了。」

老太婆忽然笑了笑，道：「不好，一點也不好。」

獨臂人道：「有什麼不好？」

老太婆道：「有什麼好？你們遇見我，就要倒楣了，還有什麼好？」

獨臂人霍然長身而起，厲聲道：「你究竟是什麼人？敢來管我們的閒事？」

老太婆道：「誰管你們的事？你們的事還不配我來管，請我管我也不管，跪下來求我，我也不會管。」

老太婆說話，總是有點嘮嘮叨叨的。

獨臂人道：「那麼你來幹什麼？」

老太婆道：「我來要他吃藥。快吃，吃完了藥就該睡覺了。」

活剝皮愁眉苦臉，捏著鼻子將藥吃了下去。

老太婆道：「好，回去睡覺吧。」

她就像拉兒子似的，拉著活剝皮就往外走。

突然間刀光一閃，獨臂人已凌空飛起，一柄雪亮的彎刀當頭劈了下來。

敢凌空出手的人，刀法自然不弱。

但刀光只一閃，就不見了。

一柄雪亮的彎刀，忽然斷成了兩截，「噹」的，掉在地上。

掉在獨臂人身邊。

獨臂人不知爲了什麼，已跪在地上，跪在這老太婆面前，滿頭大汗，彷彿用力想站起來，但用盡全身力氣還是站不起來。

老太婆嘆了口氣，喃喃道：「我早就說過，你們的事就算跪下來求我，我也不管的，這人居然沒有聽見，難道耳朵比我還聾麼？」

她嘮嘮叨叨的說著話，蹣跚著走了出去。

活剝皮乖乖的跟在後面，連大氣都不敢出。

刀疤大漢也已滿頭是汗，忽然道：「前輩，請等一等。」

老太婆道：「還等什麼？難道你也想來跟我磕個頭不成？」

刀疤大漢道：「前輩既然已伸手來管這件事，在下也沒什麼話好說，只盼前輩能留下個名號，在下等回去也好向主人交代。」

老太婆道：「你想問我的名字？」

刀疤大漢道：「正想請教。」

老太婆道：「你還不配知道我的名字，我說了你也不會知道。」

她忽又接著道：「但你卻可以回去告訴你那主人，就說有個老朋友勸他，小孩子怪可憐的，最好莫要逼得太緊，否則連別人都會看不慣。」

她慢慢的走出門。

刀疤大漢立刻追出來，追到門口，似乎還想問她什麼。

但門外連個人影都沒有，這老太婆和活剝皮都已忽然不見了。

三

這燒飯的老太婆原來是位絕頂的高手，武功已高得別人連做夢都想不到。

難怪那天金獅和棍子到當舖去搜查，回來時態度那麼恭敬，他們若不是吃了這老太婆的啞巴虧，就是已看出她是誰了。

郭大路和燕七現在總算已明白。

但他們卻有件事更想不通，兩人對望了一眼，同時向後掠出。

後面有棵樹，大樹。

樹上沒有葉子，只有積雪。

燕七只好蹲在樹椏上，郭大路卻一屁股坐了下去，然後就像是挨了一刀似的跳了起來。

雪冷得像刀。

燕七嘆了口氣，搖搖頭道：「你坐下去的時候，難道從來也不看看屁股下面是什麼？」

郭大路苦笑道：「我沒注意，我在想心事。」

樹枝很粗，他也在燕七身旁蹲了下來，道：「我在想那老太婆，她明明是位很了不起的武林高手，爲什麼要在活剝皮的當舖當老媽子？」

燕七沉吟著，道：「也許她和鳳棲梧一樣，在躲避別人的追蹤。」

郭大路道：「這理由乍一聽好像很充足，仔細一想，卻有很多地方說不通。」

燕七道：「哦？」

郭大路道：「世界這麼大，有很多地方都可以躲避別人的追蹤；尤其是像她這樣的高手，爲什麼要去做別人的老媽子，聽別人的指揮，受別人的氣？」

他一面搖頭，又接著道：「就算她要做人家的老媽子，也應該找個像樣一點的人，找個像樣一點的地方，爲什麼偏偏選上活剝皮？」

燕七道：「你想不通？」

郭大路道：「實在想不通。」

燕七道：「你想不通的事，別人當然也一定想不通了。」

郭大路笑笑，道：「若連我也想不到，能想通的人只怕很少。」

燕七道：「也許她就是要人家想不通呢？」

郭大路道：「但想不通的事還有很多。」

燕七道：「你說來聽聽。」

郭大路道：「看她的武功，天下只怕很少有人能是她的對手。」

燕七也嘆了口氣，道：「她武功的確很高，我非但沒有看過武功這麼高的人，簡直連聽都沒有聽說過。」

郭大路道：「所以我認爲她根本就用不著怕別人，根本就用不著躲。」

燕七道：「莫忘記，強中更有強中手，一山還有一山高。」

郭大路道：「這只不過是句已老掉牙的俗話。」

燕七道：「老掉牙的話，往往就是最有道理的話，愈老愈有道理。」

十九 林太平的秘密

一

郭大路道：「假如她真的在躲避別人的追蹤，行動至少應該秘密些，但我們每次去當舖的時候，都看到她裡裡外外的走進走出，一點也沒有不敢見人的樣子。」

燕七道：「那時你看不看得出她是個怎樣的人？」

郭大路道：「看不出。」

燕七道：「別人既然看不出她是誰，她爲什麼不敢見人？」

郭大路道：「你認爲她也和鳳棲梧一樣，易容改扮過？」

燕七道：「江湖中會易容改扮的人，並不止鳳棲梧一個。」

郭大路道：「那麼，金獅和棍子爲什麼一眼就看出她是誰了呢？」

燕七道：「你怎麼知道他們看出來了？」

郭大路道：「他們若沒有看出來，對活剝皮爲什麼會前倨後恭？」

燕七眨眨眼，道：「那麼依你看來，這究竟是怎麼回事？」

郭大路道：「依我看，她和活剝皮一定有點特別的關係，也許是活剝皮的老朋友，也許是活剝皮的親戚，你說有沒有道理？」

燕七道：「有道理。」

郭大路笑道：「想不到你居然也承認我有道理。」

燕七忽然也笑了，道：「因爲我的看法本來也是這樣的。」

郭大路怔了怔，道：「你的看法既然早就跟我一樣，剛才爲什麼要跟我抬槓？」

燕七道：「因爲我天生就喜歡跟你抬槓。」

郭大路瞪著眼看了他半天，道：「假如我說這雪是白的呢？」

燕七道：「我就說是黑的。」

無論你多聰明，多能幹，但有時還是會突然遇見個剋星，無論你有多大的本事，一遇見他就完全使不出來了。

燕七好像就是郭大路的剋星。

郭大路硬是對他沒法子。

過了半晌，他忽又笑了笑，道：「至少有一件事你總不能不承認的。」

燕七道：「什麼事？」

郭大路笑道：「活剝皮這次連一個人的皮都沒有剝到。」

燕七道：「你又錯了。」

郭大路苦笑道：「我又錯了？」

燕七道：「活剝皮這次總算剝了一個人的皮。」

郭大路道：「剝了誰的皮？」

燕七道：「他自己的。」

二

林太平究竟是什麼人？

為什麼有人肯花好幾千兩銀子來找他？

找他幹什麼？

郭大路道：「你看這些人為什麼要找林太平呢？」

這次他好像已學乖了，自己居然沒有發表意見。

燕七沉吟著，道：「你若肯花五六千兩銀子去找一個人，為的會是什麼呢？」

郭大路笑道：「我根本就不會做這種事。」

燕七瞟了他一眼，道：「假如我忽然失蹤了，若要你花五千兩銀子來找我，你肯不肯？」

郭大路想也不想，立刻道：「當然肯。為了你，就算叫我拿腦袋去當都沒關係。」

燕七的眼睛亮了。

一個人的眼睛只有在非常快樂、非常得意時才會亮起來的。

郭大路道：「因爲我們是好朋友，所以我才肯。但林太平卻絕不是那兩人的好朋友，他根本就不會交這種朋友。」

燕七點點頭，道：「假如有人殺了我，你是不是也肯花五千兩銀子找他呢？」

郭大路道：「當然肯，我就算拚了老命，也要找到那人替你報仇。」

他忽又搖著頭，道：「但林太平卻絕沒有殺過人，他以爲自己殺了南宮醜之後那種痛苦的樣子，絕不是裝出來的。」

燕七道：「假如有人搶了你五萬兩銀子，要你花五千兩銀子找他，你當然也願意的。」

郭大路道：「但林太平來的時候身上連一分銀子也沒有，何況他根本也不像那種人。」

燕七笑了笑，道：「現在不是我在找你抬槓，是你在找我抬槓了。」

郭大路也笑了，道：「因爲我知道你心裡也一定不會真的這麼想。」

燕七嘆了口氣，苦笑道：「老實說，我根本就想不出他們找林太平爲的是什麼？」

郭大路笑道：「雖然想不出卻問得出的，莫忘記我已從棍子那裡學會了很多種問話的法子。」

屋子裡的燈還亮著，既沒有看到有人進去，也沒有看到有人出來。

他們正想去問個明白，窗子忽然開了。

一人正站在窗口招手。

他們正弄不清這人是在向誰招手的時候，這人已笑道：「樹上一定很冷，兩位爲什麼不進來烤烤火呢？」

火很旺。

坐在火旁的確比蹲在樹上舒服多了。

剛才在窗口向他們招手的人，現在也已坐了下來。

這人既不是那臉上有刀疤的大漢，也不是那看來很凶惡的獨臂人。

這人剛才根本就不在這屋子裡。

剛才在這屋子裡的人，現在已不知到什麼地方去了。郭大路既沒有看見他們走出來，也沒有看見這個人走進去。

郭大路只有一點值得安慰的地方。

這人從頭到腳，無論從哪裡看都比剛才那兩人順眼得多。

最重要的是，這人是個女人。

三

每個人都有自己一套獨特的法子來將女人分成好幾等，好幾類。

無論你用哪種法子來分，她都可以算是第一等的女人。

她雖然已不太年輕，但看來還是很美，很有風韻。

世上的確有種女人可以令你根本就不會注意她的年紀。

她就是這種女人。

美麗的女人大多都很高傲，很不講理，只有很少數的例外。

她就是例外。

奇怪的是，像這麼樣一個女人，怎麼會忽然在這屋子出現呢？

她和剛才那兩個人有什麼關係？和這件事又有什麼關係？

郭大路當然想問，卻一直沒有機會。

他每次要問的時候，都發現自己先已被人問——這麼樣一個女人在問你話的時候，你當然只有先回答。

「我姓衛。」她微笑著道：「你們兩位呢？」

她的笑容讓人根本沒法子拒絕回答她的話。

郭大路搶著道：「我姓郭。他姓燕，燕子的燕。」

燕七瞪了他一眼，衛夫人已笑道：「林太平的朋友我都認得，怎麼一直沒有見過你們兩位？」

郭大路又想搶著回答，忽然發現燕七的眼睛正在瞪著他。

他只好低下頭去咳嗽。

燕七的眼睛這才轉過來，看著衛夫人，淡淡道：「你怎麼知道我們是林太平的朋友？」

衛夫人道：「兩位冒著風雪從老遠的地方趕到這裡來，又冒著風雪在外面等了那麼久，當然不會是爲了那當舖老闆。」

燕七道：「爲什麼不會？」

衛夫人嫣然道：「龍交龍，鳳交鳳，耗子交的朋友會打洞；什麼人交什麼樣的朋友，這點我至少還能看得出來。」

燕七眨眨眼，道：「這麼樣說來，你當然也認得林太平？」

衛夫人點點頭。

燕七笑了笑，道：「其實這句話我根本就不該問的，你連他的朋友都完全認得，當然也跟他很熟了。」

衛夫人微笑道：「的確可以算很熟。」

燕七道：「下次你見到他的時候，不妨替我們問聲好，就說我們很想念他。」

衛夫人道：「我也很想見他一面，所以特地來請教你們兩位。」

燕七道：「請教什麼？」

衛夫人道：「我想請兩位告訴我，他這兩天在什麼地方？」

燕七好像很驚訝，道：「你跟他比我們熟得多，怎麼會不知道他在什麼地方？」

衛夫人笑了笑，道：「無論多熟的朋友，也常常會很久不見面的。」

燕七嘆了口氣，道：「我還想請你帶我們去看看他哩。」

衛夫人道：「你們也不知道他在哪裡？」

燕七道：「若連你都不知道，我們怎麼會知道？他的朋友我們連一個都不認得。」

他忽然站起來，拱拱手，道：「時候不早，我們也該告辭了。」

衛夫人淡淡笑道：「兩位要走了麼，不送不送。」

她居然也一點阻攔的意思都沒有，就這樣看著他們走了出去。

剛走出這客棧，郭大路就忍不住道：「我真佩服你，你真有一手。」

燕七道：「哪一手？」

郭大路道：「你說起假話來，簡直就跟真的完全一樣。」

燕七瞪了他一眼，道：「我也很佩服你。」

郭大路道：「佩服我什麼？」

燕七冷冷道：「像你這樣的人，倒也很少有，只要一見到好看的女人你立刻就將生辰八字都忘了，簡直恨不得把家譜都背出來。」

郭大路笑了，道：「那只因我看她並不像是個壞人嘛。」

燕七冷笑道：「壞人臉上難道還掛著招牌麼？」

郭大路道：「她若真的有惡意，怎麼會隨隨便便就讓我們走？」

燕七冷笑道：「不讓我們走又能怎麼樣？難道她還有本事把我們留下來？」

郭大路嘆了口氣，道：「你若以爲她是個普通女人，你就錯了。」

燕七道：「哦？」

郭大路道：「我們的一舉一動，她好像都知道得清清楚楚，就憑這點，我就敢斷定她絕不是個普通人。」

燕七道：「她知道些什麼？」

郭大路道：「她知道我們是從外地來的，知道我們躲在樹上……」

他聲音突然停住，悄悄道：「你看看後面那藥店門口。」

燕七道：「我用不著看。」

郭大路道：「你已發現有人在盯著我們的梢？」

燕七冷笑著點了點頭。

他們已轉入一條比較偏僻的街道，這條街上的店舖關門比較早，本已沒什麼人行走。藥店也早就打烊了，卻有個身材很矮小的黑衣人，站在門口的柱子後面，還不時伸出半邊臉向他們偷看。

郭大路道：「這人是不是一直在後面跟我們？」

燕七道：「一走出那客棧，我就已發現他了。所以我才故意轉到這條街上來。」

他冷笑著接道：「現在你總該知道，那位衛夫人爲什麼隨隨便便就讓我們走了吧？」

郭大路道：「難道她早已知道我們跟林太平住在一起，所以，才故意讓我們走，再叫人在外面跟蹤？」

燕七道：「嗯。」

郭大路嘆了口氣，道：「她算盤打得倒不錯，只可惜未免將我們估計得太低了些。」

燕七冷冷地道：「難道你還以爲她將你看得很了不起？」

郭大路道：「我雖然沒有什麼了不起，但別人要想盯我的梢，倒還不太容易。」

燕七道：「哦？」

郭大路眨眨眼，笑道：「想盯我梢的人，至少也得先喝喝西北風。」

街上只有家店還沒有打烊。

無論哪條街上，打烊最晚的，一定是飯舖酒館。

燕七忍不住笑道：「我看你恐怕並不是想請別人喝西北風，只不過是自己想喝酒了吧。」

郭大路笑道：「我喝酒，他喝西北風，反正大家都有得喝的。」

郭大路喝酒有個毛病。

不喝得爛醉如泥，他絕不走；不喝得囊空如洗，他也絕不走。

天下假如只有一個人能治他這種病，那人就是燕七。

金錬子當了五十兩，分了一半給王動，郭大路這次居然沒有將剩下來的一半完全喝光。

而且他走出小酒舖的時候，居然還相當清醒，還能看得見人。

那黑衣人果然還在那藥舖門口的柱子後面喝西北風。

郭大路嘆了口氣，道：「我應該讓他多喝點的，他好像還沒有喝夠。」

燕七道：「但你卻已喝夠。再喝下去，就連三歲小孩子都能盯得住你了。」

郭大路瞪眼道：「誰說的，我就算用一條腿跑，他也休想追得上我，你信不信？」

燕七道：「我只相信一件事。」

郭大路道：「哪樣事？」

燕七道：「他就算能夠追得上你，你也可以將他吹走。」

郭大路道：「吹走？怎麼樣吹法？」

燕七道：「就像你吹牛那樣吹法。」

郭大路什麼話也沒有說，忽然捧起了一條腿，往前面一跳。

這一跳居然跳出兩丈。

燕七嘆了口氣，搖著頭，喃喃道：「這人爲什麼總像是永遠都長不大的。」

天是黑的，路是白的。

路其實並不白，白的是積雪。

郭大路看看兩旁積雪的枯樹飛一般往後面跑。

樹其實並沒有跑，是他在跑，用兩條腿跑。他並不是怕甩不脫後面那盯梢的黑衣人，而是怕自己趕不上燕七。

燕七施展起輕功的時候，真像是變成了一隻燕子。

郭大路已開始在喘氣。

燕七這才漸漸慢了下來，用眼角瞟著他，笑道：「你不行了嗎？」

郭大路長長吐出口氣，苦笑道：「我吃的比你多，塊頭比你大，當然跑不過你。」

燕七道：「馬吃起來也很凶，塊頭也很大，但跑起來還是快得很。」

郭大路道：「我不是馬，我只有兩條腿。」

燕七笑道：「你不是說就算用一條腿跑，別人也休想追得上你嗎？」

郭大路道：「我說的不是你。」

燕七目光閃動，道：「你以爲別人就不行？」

郭大路道：「當然。」

燕七忽然嘆了口氣，道：「你爲什麼不回頭去看看呢？」

郭大路一回頭就怔住。

路是白的，人是黑的。

剛才躲在藥店門口柱子後面的黑衣人，現在居然又追到這裡來了。

郭大路怔了半晌，道：「想不到這小子居然也跑得很快。」

燕七道：「莫說你只用一條腿，看來就算用三條腿跑，他也照樣能追得上你。你信不信？」

郭大路道：「我信。」

燕七看著他，目中充滿了笑意。

的確他是個很可愛的人，最可愛的地方就是他肯承認自己的毛病。所以他無論有多少毛病，都還是個很可愛的人。

燕七道：「我們既然甩不掉他，就不能回去。」

郭大路道：「不錯。」

燕七道：「不回去到哪裡去呢？」

郭大路道：「沒地方去。」

他眨了眨眼，忽又笑道：「你還記不記得你自己剛才說的什麼話？」

燕七道：「我說了什麼？」

郭大路道：「你說，他就真能追上我，我也可以把他吹走。」

燕七笑道：「你真有這麼大的本事？」

郭大路道：「當然。」

燕七也眨了眨眼，道：「你想用什麼吹？」

郭大路道：「用拳頭。」

他忽然轉身，向黑衣人走了過去。

黑衣人站在路中央，看著他。

「這小子倒沉得住氣。」

郭大路也沉住了氣，慢慢的走過去，心裡正盤算著，是先動嘴巴，還是先動拳頭？

誰知那黑衣人忽然沉不住氣了，扭頭就跑。

郭大路也立刻沉不住氣了，拔腳就追。

他忽然發覺這黑衣人的輕功絕不在燕七之下，他就算長著三條腿也追不著，只有大叫道：

「朋友，你等一等，我有話說。」

那黑衣人偏偏不等，反而跑得更快。

郭大路火了，大聲道：「你難道是個聾子？」

黑衣人忽然回頭笑了笑，道：「不錯，我聾得很厲害，你說的話我連一個字都聽不見。」

他好像存心要氣氣郭大路。

無論誰存心要讓郭大路生氣都很容易，他本來就容易生氣。

一生氣就非追上不可。

本來是這黑衣人在盯他的梢，現在反而他在盯這黑衣人了。

燕七也只有陪著他追。

路旁有片積雪的枯林，枯林裡居然還有燈光。

黑衣人身形在樹林裡一閃，忽然不見了。

燈光還亮著。

燈光是從一棟屋子裡照出來的，黑衣人想必已進入了這屋子。

郭大路咬著牙，恨恨道：「你在外面等著，我進去看看。」

燕七沒有說話，也沒有拉住他。

郭大路若是真的想做一件事，那就根本沒有人能拉得住。

就算他要去跳河，燕七也只有陪他跳。

亮著燈的那間屋子，門居然是開著的，燈光從門裡照出來。

郭大路衝過去，剛衝到門口，又怔住。

屋子裡生著一盆火，火盆旁坐著一個人。

火燒得很旺，人長得真美。

衛夫人。

她看到郭大路，連一點驚奇的樣子都沒有，微笑著，道：「外面一定很冷，兩位爲什麼不進來烤烤火？」

她好像一直在等著他們似的。

四

除了她之外，屋子裡還有一個人。

一個黑衣人。

郭大路一看見這黑衣人，火氣又上來了，忍不住衝了進去，大聲叫道：「你爲什麼一直在後面盯著我？」

黑衣人眨了眨眼，道：「是我在盯你？還是你在盯我？」

他的眼睛居然很亮。

郭大路道：「當然是你在盯我。」

黑衣人笑道：「你知不知道這是什麼地方？」

郭大路道：「不知道。」

黑衣人道：「那麼我告訴你，這是我的家。」

郭大路道：「你的家？」

黑衣人笑道：「若是我在盯你，怎麼會盯到我自己的家裡來了？」

郭大路又怔住。

他忽然發覺，這黑衣人不但眼睛很亮，而且笑得也很甜。

這黑衣人原來是個穿著黑衣服的女人，而且最多也只不過十六七歲。

郭大路就算有很多道理，也全都說不出來了。

衛夫人笑道：「兩位既然來了，請坐請坐。」

火盆旁還有兩張椅子。

燕七坐下來，忽然笑道：「你好像早就知道我們要來，早就在等著我們了。」

衛夫人微笑道：「你們要走，我拉不住，你們要來，我也擋不住的。」

燕七道：「我們現在若又要走了呢？」

衛夫人道：「我還是只有一句話。」

燕七道：「什麼話？」

衛夫人道：「不送不送。」

燕七道：「但你還是會要這位小妹妹在後面盯我們的梢。」

黑衣少女瞪眼道：「誰要盯你們的梢，那條路你們能走，我爲什麼不能走？你們隨隨便便就可以往我家裡闖，我難道就不能跟你們走一條路？」

燕七冷笑道：「原來你只不過湊巧跟我們同路。」

黑衣少女道：「一點也不錯。」

燕七道：「這倒真的很巧。」

衛夫人淡淡笑道：「等你年紀再大些時，就會發現天下湊巧的事本來就很多。」

燕七道：「這麼樣看來，你已打定主意，要從我們身上找到林太平了。」

衛夫人笑道：「那就得看你們是不是知道他在哪裡了。」

燕七道：「我們若是知道呢？」

衛夫人微笑道：「只要你們知道，我遲早也會知道的。」

燕七忽然向郭大路眨眨眼，道：「一個人的腿若是被繩子綑住，還能不能盯梢？」

郭大路道：「好像不能了。」

燕七笑道：「答對了。」

他袖中忽然飛出條繩子，向黑衣少女的腿上纏了過去。

這條繩子就像蛇一樣，又快又準，而且還好像長著眼睛似的。

只要他繩子出手，就很少有人能躲得開。

黑衣少女根本沒有躲，因爲繩子已到了她手裡。

她的手慢慢的伸了出來，繩子的去勢雖很快，但也不知爲了什麼，繩子忽然間就已被她抓住。

燕七用力一拉，想把繩子拉回來。

衛夫人並沒有用力，但也不知爲了什麼，繩子卻已到了她手裡。

燕七的臉色變了，只有他才知道這是怎麼回事，他只覺繩子上有股很奇怪的力量傳了過來，震得他半個身子到現在還在發麻。

他從來不相信世上真有這麼可怕的內功。

現在他相信了。

衛夫人微笑道：「其實你就算真將她兩條腿都綑起來，也沒有用的。」

燕七沉默了半晌，長長嘆了口氣，道：「的確沒有用。」

衛夫人道：「至少應該先綑上我的腿。」

燕七道：「不錯。」

衛夫人笑道：「但我可以保證，世上絕沒有一個人能綑住我的腿。」

燕七道：「我絕對相信。」

他忽又笑了笑，道：「但，我也可以向你保證一件事。」

衛夫人道：「什麼事？」

燕七道：「我雖然綑不住你們的腿，卻可以綑住另外一個人的腿；我只要綑住這人的腿，你們就算有天大的本事，也休想追出林太平的下落。」

衛夫人笑道：「你打算綑住誰的腿呢？」

燕七道：「我自己的。」

無論多沒用的人，至少都能將自己的腿綑住，這也是件毫無疑問的事。

燕七綑住了自己的腿。

他身上的繩子還真不少。他好像很喜歡用繩子作武器。

衛夫人也怔住了，怔了半晌，才展顏笑道：「不錯，這倒的確是個好主意，連我都不能不承認這是個好主意。」

燕七道：「過獎過獎。」

衛夫人道：「你若將自己綑在這裡，我的確沒法子追出林太平的下落來。」

郭大路道：「我用不著綑自己的腿，他的腿就跟我的腿一樣。」

衛夫人道：「這麼樣看來，你也決心不走了。」

郭大路道：「好像是的。」

衛夫人道：「我本來也已準備將你們用繩子綑起來，逼你們說出林太平的下落；你們不說，就不放你們走的。」

她居然也嘆了口氣，苦笑道：「誰知你們竟自己綑起了自己。」

郭大路笑道：「這就叫先下手爲強。」

衛夫人道：「只可惜後下手的也未必遭殃，遭殃的也還是你們自己。」

郭大路道：「哦？」

衛夫人道：「你們總不能在這裡耽一輩子吧？」

郭大路笑道：「那倒也說不定。」

他四面看了看，又笑道：「這裡又暖和又舒服，至少比我們住的那破屋子舒服多了。」

衛夫人目光閃動，道：「你們住的是個破屋子？」

郭大路道：「你用不著套我的口風，天下的破屋子很多，你若想一間間的去找，找到你進棺材裡也找不完的。」

衛夫人又嘆了口氣，道：「我只不過覺得有點奇怪而已。」

郭大路道：「你奇怪什麼？」

衛夫人道：「林太平從小就嬌生慣養，怎麼會在一間破屋子耽得下去呢？」

郭大路道：「因爲我們那破屋子裡，有樣東西是別的地方找不到的。」

衛夫人道：「你們那裡有什麼？」

郭大路道：「朋友。」

只要有朋友，再窮再破的屋子都沒關係。

因爲只要有朋友的地方，就有溫暖，就有快樂。

沒有朋友的地方就算遍地堆滿黃金，在他們看來，也只不過是座用黃金建成的牢獄。

衛夫人沉默了很久，才又輕輕嘆息了一聲，道：「看來你們雖然有點兒奇怪，倒都是很夠朋友的人。」

郭大路道：「我們至少總不會出賣朋友。」

衛夫人問道：「無論等到什麼時候，都不會出賣朋友？」

郭大路點點頭。

衛夫人又笑了，悠然道：「好，我倒要看看，你們能等到幾時？」

二十 黑暗的地獄

一

天亮了。

桌上擺滿了很多點心，每種都很好吃。

吃，不但是種享受，也是種藝術。

衛夫人很懂得這種享受，也很懂得這種藝術。

她吃得很慢，也吃得很美。

無論她在吃什麼的時候，都會令人覺得她吃的東西非常美味。

何況這些點心本來就全都是美味。

吃起來是美味，嗅起來也一定很香。

郭大路已忍不住開始在悄悄的嚥口水。酒意一退，肚子就好像餓得特別快。

餓著肚子看別人大吃大喝，這種滋味有時簡直比什麼刑罰都難受。

郭大路忽然大聲道：「主人獨個兒大吃大喝，卻讓客人餓著肚子在旁邊看著，這好像不是待客之道。」

衛夫人點點頭，道：「這的確不是待客之道，但你們是我的客人麼？」

郭大路想了想，嘆息著苦笑道：「不是。」

衛夫人道：「你們想不想做我的客人呢？」

郭大路道：「不想。」

衛夫人道：「爲什麼？爲了林太平？」

郭大路也長長嘆了口氣，道：「誰叫他是我們的朋友呢。」

衛夫人笑了笑，道：「你們雖然很夠朋友，卻也夠笨的。」

郭大路道：「哦？」

衛夫人道：「直到現在，你們還沒有問我爲什麼要找林太平。」

郭大路道：「我們根本不必問。」

衛夫人道：「爲什麼不必問？你們怎知道我找他是好意還是惡意？也許我找他只不過是爲了要送點東西給他呢？」

郭大路道：「我只知道一件事，他若不想見你，我們就不能讓你找到他；無論你是好意還是惡意，都是一樣的。」

衛夫人道：「你怎麼知道他不願見我？」

郭大路道：「因爲你找他找得太急，很像不懷好意的樣子，否則，你就該讓我們回去告訴他，再叫他來找你。」

衛夫人笑道：「看來你們還不太笨，只不過有一點笨而已。」

郭大路道：「哦？」

衛夫人道：「你們就算怕我在暗中追蹤，不回去也就是了，還是可以到別的地方去的，又何必自己把自己綑在這裡呢？」

郭大路想了想，看看燕七，道：「她說的話好像有點道理，我們爲什麼還不走呢？」

衛夫人道：「因爲我現在已不讓你們走了。」

郭大路道：「你自己說過我們隨時都可以走的。」

衛夫人道：「我現在已改變了主意。」

她笑了笑，接著道：「你知道，女人總是隨時都會改變主意的。」

郭大路嘆道：「你若不是女人就好了。」

衛夫人道：「有什麼好？」

郭大路盯著她面前的燒賣和蒸餃，道：「你若是男人，我至少可以厚著臉皮搶你的東西吃。」

衛夫人微笑道：「你爲什麼不把我當做男人來試試看？」

郭大路又看看燕七，燕七眨了眨眼。

衛夫人又道：「你們兩個人不妨一起過來搶。」

燕七笑了笑，道：「我的臉皮沒有他厚，還是讓他一個人動手吧。」

郭大路嘆了口氣，道：「一個人餓得要命的時候，臉皮想不厚些也不行了。」

他身子突然掠起，向那張擺滿了點心的桌子撲了過去。十指箕張，彎曲如鷹爪，用的居然是鷹爪功中一招極厲害的「飛鷹搏兔」。

用「飛鷹搏兔」這種招式來搶蒸餃，未免是件很可笑的事。

但一個人若是餓極了，再可笑的事也一樣能做得出來的。

衛夫人笑道：「你的鷹爪功倒不錯。」

她嘴裡輕描淡寫的說著話，手裡的筷子忽然輕輕往前面一點。

她用的是一雙翡翠鑲的筷子，這種筷子往往碰一碰就會斷。

筷子在郭大路右手的中指上輕輕一點。

筷子沒有斷。

郭大路的人卻像是斷了，突然從半空中落了下來，眼看就要跌在擺滿了點心的桌子上。

衛夫人手裡的筷子忽然夾住了他的腰帶，他整個人的重量都已落在這雙一碰就斷的筷子上。

筷子還是沒有斷。

衛夫人的手懸在空中，用筷子夾著他，就像是夾著個大蝦米似的。

燕七看呆了。

衛夫人微笑道：「這麼大一個餃子，夠你吃了。」

話未說完，郭大路的人已向燕七飛了過去。

燕七想去接，沒有接住，兩個人一撞，全都跌在地上。

過了很久，郭大路還沒有爬起來，只是眼睜睜的看著衛夫人。

他好像也看呆了。

燕七忽然道：「你知不知道她用的這一招叫什麼功夫？」

郭大路搖搖頭。

燕七道：「你既然會鷹爪功，就應該知道其中有一招叫老鷹抓雞。」

郭大路點點頭。

燕七笑道：「她這一招就是從『老鷹抓雞』中變化來的，叫做『筷子挾雞』。」

郭大路嘆了口氣，喃喃道：「我究竟是雞，還是餃子呢？」

燕七道：「是雞肉餡的餃子。」

郭大路也笑了，道：「想不到你懂得的事倒還真不少。」

他身子突然又箭一般竄了過去。

這一次，他沒有向桌子上面伸手，卻竄入了桌子底下。

衛夫人正微笑著在聽他們說話，好像正聽得有趣的樣子。

她既沒有想到郭大路說著說著，會忽然又竄了過來，更沒有想到這人會往桌子底下竄。

桌子底下又沒有點心，這人到下面去幹什麼呢？想撿骨頭麼？

餃子又沒有骨頭呀。

衛夫人也不禁覺得有點奇怪，就在這時，桌上的點心突然憑空跳了起來。

郭大路的手在桌子底下一拍，桌上的點心就跳起了七八尺高。

燕七的手一揮，本來綑在他腿上的繩子突又長虹般飛出，長蛇般一捲，就有七八樣點心被他捲了過去。

郭大路也已從桌子底下竄出。

燕七一鬆手，點心掉下來四個，郭大路伸手接著了兩三個，同時張大了嘴，一個軟軟的糯米燒賣正好不偏不倚掉在他嘴裡。

這幾下子雖然並不是什麼了不起的武功，但卻配合得又緊湊，又巧妙，簡直令人嘆爲觀止。

衛夫人居然也嘆息了一聲，說道：「看了你們這兩手功夫，我就算讓你們吃點東西，也算值得的了。」

郭大路三口兩口就將燒賣吞了下去，笑道：「這人倒總算還有點良心。」

他開始吃第二個燒賣的時候，燕七也已吞下了個包子。

能吃得這包子可真不容易，所以嚼在嘴裡滋味也像是特別好些。

燕七笑道：「這包子真好吃，卻不知是用什麼做餡的？」

衛夫人微笑道：「包子和燒賣都有兩種餡。」

郭大路道：「哪兩種？」

衛夫人道：「一種是蝦仁鮮肉的。」

郭大路道：「還有種是什麼肉？」

衛夫人道：「老鼠肉，毒老鼠。」

老鼠肉本來是可以吃的，但毒老鼠吃下去，卻能要人的命。

郭大路吃下去的燒賣，好像已停在嗓子眼上，再也嚥不下去。

他本來還想問問，他吃的燒賣是哪種餡，但現在卻已用不著問了。

他忽然覺得四肢發軟，腦袋發暈。

再看看燕七一張臉竟已變成死灰色，而且漸漸發黑。

衛夫人還在微笑。

郭大路正想衝過去，忽然覺得她像是已到了很遠很遠的地方，一張臉漸漸變得模糊不清，漸漸連看都看不見了。

他只覺得燕七已衝過來，抱住他，在他耳旁道：「臨死之前，我有個秘密要告訴你。」

郭大路道：「什……什麼秘密？」

燕七道：「我……」

他還沒有說出自己的秘密，就已倒下。

就算他說出，郭大路也聽不見了。

人爲財死，鳥爲食亡。

這句話並不太對。

有的人並不太在乎財寶，絕不會爲了錢拚命，卻往往會爲了好吃而死。

你是不是覺得這種死法很冤枉？

等你餓得發暈時，說不定也會覺得不如死了算了。

但他們爲什麼會捱餓呢？

朋友，當然是爲了朋友。

「爲朋友而死的人，是絕不會下地獄的。」

但朋友若都在地獄裡，他們也許寧可下地獄，也不願上天堂。

二

自古艱難唯一死。

死，的確可以算是最可怕的事了。

那意思就是你已完了，已完全消滅了，從此不再有希望，你的肉體很快就會腐爛，你的姓名也很快就會被人淡忘。

世上還有什麼比死更可怕的呢？
死了若還得下地獄，那當然更可怕。
但地獄究竟是什麼樣子，誰也不知道。
那地方想必很黑暗，非常黑暗……

黑暗。
黑暗得讓你非但看不見別人，也看不見自己。
郭大路連自己都看不見。
他只感覺到自己的眼睛已睜開了。
但自己究竟是在什麼地方？究竟是不是還存在？他卻完全不知道。
「不知道」的本身就是種恐懼——也許就是人類最大的恐懼。
人們恐懼死亡，豈非也正因爲他根本不知道死亡究竟是什麼樣子的。
郭大路也不能不恐懼，幾乎已恐懼得連動都不能夠動。
恐懼本就是人類永遠無法克服的感覺。
過了很久，郭大路才聽到自己身旁彷彿有個人在呼吸。
但那究竟是不是人的呼吸聲？他還是不知道。
在如此黑暗中，任何人都已無法再對自己有信心。

幸好他還能相信一件事：燕七活著時既然跟他在一起，就算死了也一定還是會跟他在一起。

有些朋友，好像永遠都分不開的，無論死活都分不開。

所以郭大路壯起膽子，道：「燕七……是不是你？」

又過了半晌，黑暗中才響起一個很虛弱的聲響：「是小郭嗎？」

郭大路總算鬆了口氣。

只要有朋友跟他在一起，無論死活都沒關係了。

他身子開始往那邊移動，終於摸到了一隻手，一隻冰冷的手。

郭大路道：「這是不是你的手？」

手動了動，立刻將郭大路的手握緊。

然後聽到燕七虛弱的聲音道：「這是什麼地方？」

郭大路道：「不知道。」

燕七道：「我們是不是還活著？」

郭大路嘆了口氣，道：「不知道。」

燕七也嘆了口氣，道：「看來你活著時是個糊塗人，死了也是個糊塗鬼。」

郭大路卻笑了，笑著道：「看來你活著時要臭我，死了也要臭我。」

燕七沒有說話，卻將郭大路的手握得更緊。

他平時本是個很堅強的人，但現在卻像是要倚賴著郭大路了。

也許他本就在倚賴著郭大路了，只不過平時一直在盡力控制著自己——一個人只有到了真正恐懼的時候，才會將自己真正的情感流露出來。

郭大路沉默了半晌，忽又問道：「你猜我現在最想知道什麼？」

燕七道：「想知道這裡是什麼地方？」

郭大路道：「不對。」

燕七道：「想知道我們究竟是不是還活著？」

郭大路道：「也不對。」

燕七嘆道：「我現在沒有心情猜你的心事，你自己說出來吧。」

廿一 千古艱難唯一死

郭大路說道：「我最想知道你的秘密。」

燕七道：「我？……我有什麼秘密？」

郭大路道：「你臨死前要告訴我的那樣秘密。」

燕七的手忽然縮了回去，沉默了很久，才帶著笑道：「到現在你還沒有忘記？」

郭大路笑道：「無論死活都不會忘記。」

燕七又沉默了很久，才緩緩道：「可是現在我已不想把那件事告訴你了。」

郭大路道：「爲什麼？」

燕七道：「也沒有爲什麼，只不過……只不過……」

他這句話還沒有說完，前面那無邊無際的黑暗中，忽然亮起了一點陰森森、碧燐燐的火光。

鬼火！

慘碧色的火光下，彷彿有個人影。

也許不是人影，是鬼影。

他看來飄飄盪盪的站在那裡，好像上不著天，下不著地。

郭大路忍不住喝道：「你是人？還是鬼？」

沒有回答，這也不知是人還是鬼的影子，忽然又向前飄了過去。

無論他是人也好，是鬼也好，總是這無邊黑暗中唯一的一點亮光。

只要有一點光，就比黑暗好。

郭大路沉聲道：「你還能不能走？」

燕七道：「能。」

郭大路道：「我們追過去好不好？」

燕七嘆道：「無論如何，我想總不會比現在這情況更壞的了。」

鬼火還在前面飄盪著，好像故意在等著他們。

郭大路已找著了燕七的手，再握緊，道：「你拉著我，千萬莫要放鬆，無論好歹，我們都要在一起。」

他們的力氣還沒有恢復，身子還有點麻痺。

但無論如何，他們總算已站了起來，跟著那點鬼火往前走。

前面是什麼？

是天堂？還是地獄？

他們既不知道，也不在乎，因爲他們總算還能手拉著手往前走。

等他們漸漸可以走得快一點的時候，前面那鬼火速度也加快了。

鬼火突然如流星般一閃，忽然消失。

四面又變得完全黑暗。

沒有光，沒有聲音。

他們只能聽得到自己心跳的聲音，心跳得很快。

兩個人都已感覺出對方的手心裡在冒冷汗。

郭大路道：「你用不著害怕，假如我們真的已死了，還有什麼好害怕的？假如我們還沒有死，就更不必害怕了。」

一個人叫別人莫要害怕的時候，他自己心裡一定在害怕。

燕七道：「我們是繼續往前走？還是退回去？」

郭大路道：「我們是往後退的人麼？」

燕七道：「好，不管好歹，我們先往前面闖一闖再說！」

兩人的手握得更緊，大步向前衝出。

突聽一聲大喝，道：「站住！」

喝聲一響起，黑暗中突又閃起了七八點鬼火。

陰森森的火光飄飄盪盪的懸在半空。

他們已可以看到前面有張很大很大的公案。

案上有個筆筒，還堆著很多個本子，也不知是書？還是賬簿？

一個人正坐在案後，翻著一本賬簿。

他們還是看不清這人的面目，依稀只看出這人好像長著很長的鬍子，頭上還戴著頂古代的皇冠。

剛才那鬼影也在公案旁，還是上不著天，下不著地的吊在那裡，手上好像拿著一塊很大的木牌。

難道這就是拘魂牌？

難道這地方就是森羅殿？

上面坐的就是閻王？

他們不知道，誰也沒有到過森羅殿，誰也沒有看見過閻王。

但他們卻已感覺到一種陰森森的鬼氣，令人毛骨悚然。

上面坐的閻王居然說話了。

那聲音也陰森森的帶著鬼氣，道：「這兩人陽壽未盡，爲何來此？」

那鬼影子道：「因爲他們犯了罪。」

閻王道：「犯的是何罪？」

鬼影子道：「貪吃之罪。」

閻王道：「罪在幾等？」

鬼影子道：「男人好吃，必定為盜；女人好吃，必定為娼；此罪列為七等，應打入第七層地獄，永世不得吃飽。」

郭大路突然大聲道：「說謊的罪更大，應該打入拔舌地獄……」

閻王一拍桌子，喝道：「大膽，在這裡也敢如此放肆？」

郭大路道：「無論你是人也好，是鬼也好，只要冤枉了我，我都非放肆不可。」

閻王道：「冤枉了你什麼？」

郭大路大聲說道：「你若真的是閻王，自己就該知道。」

燕七忽也大聲說道：「你至少應該知道一件事。」

閻王道：「什麼事？」

燕七道：「無論你是真閻王也好，假閻王也好，都休想能從我們嘴裡打聽出林太平的下落。」

這句話說出來，閻王好像反倒有點吃驚，過了半晌，才陰惻惻道：「就算我是個假閻王，但你們卻已真死了。」

燕七道：「哦？」

閻王冷笑道：「既已到了這裡，你們難道還想活著回去？」

燕七道：「想不想活著是一回事，說不說又是另外一回事了。」

閻王厲聲道：「你們難道寧死也不說？」

燕七道：「不說就是不說。」

閻王冷笑道：「好！」

這個字說出口，所有的火光突又消失，又變爲一片黑暗。

郭大路拉著燕七就往前面衝。

他們同時衝過去，同時跌倒在地。

前面的公案已沒有了，閻王也沒有了，小鬼也沒有了。

除了黑暗外，什麼也沒有了。

只有兩個人。

這兩人不是太聰明，就是太笨。

左面是石壁，右面也是石壁，前面是石壁，後面也是石壁。

比鐵還硬的石壁。

他們終於發覺這地方已變成個石桶。

所以他們索性坐了下來。

過了很久，郭大路居然笑了笑，道：「你也發現那閻王是假的了？」

燕七道：「那閻王一定就是衛夫人。」

郭大路道：「但衛夫人沒有鬍子。」

燕七道：「鬍子也是假的，什麼都是假的。」

郭大路忽然大笑，道：「這人倒也滑稽，居然想得出這種笨法子來，想要我們上當。」

燕七也笑道：「簡直滑稽得要命。」

他們雖然在笑，但笑的聲音卻難聽得很，甚至比哭都難聽。

因爲這件事並不滑稽，一點也不滑稽。

這法子也不笨。

你若吃了個有毒的包子，忽然覺得四肢無力，又看到你朋友的臉已發黑，然後就暈死了過去；等你醒來的時候，就發現自己在這麼樣一個地方，看到了一個飄在半空的鬼影子，還看到了一位戴著皇冠、長著鬍子的閻王，你會不會覺得這件事滑稽？

郭大路已笑不出了，忽然嘆了口氣，道：「她做的事雖滑稽，說的話卻不滑稽。」

燕七道：「什麼話？」

郭大路道：「閻王雖是假的，我們卻已等於真的死了。」

燕七道：「你怕死？」

郭大路嘆道：「的確有點怕。」

忽然間，火光又一閃，照亮了一大堆黃澄澄閃著金光的東西。

金子。

世上很少有人能看到這麼多金子。

黑暗中又響起了那陰惻惻的聲音：「只要你們說出來，我不但立刻就放你們走，這些金子也全都是你們的了。」

郭大路突然跳起來，大聲叫道：「不說，不說，不說。」

黑暗中發出了一聲嘆息，然後就又什麼都看不見，什麼都聽不見了。

又過了很久，燕七忽然道：「原來你也不怕死。」

郭大路嘆道：「怕是不太怕，只不過……我們雖然是爲林太平死的，他卻根本不知道，也許永遠都不會知道。」

燕七道：「你無論爲朋友做了什麼，都是你自己的事，根本就不必想要朋友知道。」

郭大路笑了，道：「我本來還怕你覺得死得太冤枉，想不到你比我更夠朋友。」

燕七沉默了半晌，反而嘆了口氣，道：「也許我並不是夠朋友，只不過想得夠明白而已。」

郭大路道：「明白什麼？」

燕七道：「爲了要找林太平，她好像已不惜犧牲任何代價。」

郭大路道：「好像是的。」

燕七道：「她若非跟林太平有很深的仇恨，怎麼肯如此犧牲呢？」

郭大路道：「我只奇怪，林太平只不過是個小孩子，怎麼會跟她這種人結下深仇大恨呢？」

燕七道：「想必是他上一代結下的仇怨，她爲了要斬草除根，所以才非殺林人平不可。」

郭大路道：「有理。」

燕七道：「她既然知道我們是林太平的朋友，當然也不會放過我們；所以我們就算說出了林太平的下落，也是一樣要死，也許死得更快。」

郭大路長嘆了一口氣，苦笑道：「被你這麼說，我好像也覺得自己並沒有自己說的那麼夠朋友了。」

燕七道：「你也想到了這一點？」

郭大路道：「但若非你提醒，我就已忘了。」

燕七道：「怎麼會忘？」

郭大路道：「一件事你若故意不去想它，豈非就等於忘了一樣？」

燕七道：「爲什麼要故意不去想它呢？」

郭大路道：「因爲，那樣我就會覺得自己真的很夠朋友，等我死的時候，就會覺得自己比較偉大一點。」

燕七笑了，但笑聲中卻有些辛酸之意。

過了很久，才緩緩道：「其實你本來就比別人偉大一點。」

郭大路好像要跳了起來，道：「我偉大？你也覺得我偉大？」

燕七道：「沒有人天生就是英雄，英雄往往也是被逼出來的。大家雖然都明白這道理，卻還是難免要自己騙騙自己。只有你……」

他嘆息了一聲，慢慢接著道：「你不但敢承認，而且還敢說出來。」

郭大路道：「這……這也許只不過因爲我臉皮比別人厚。」

燕七道：「這絕不是臉皮厚，是……」

郭大路道：「是什麼？」

燕七道：「勇氣！這就是勇氣，很少人能有這種勇氣。」

郭大路笑道：「想不到你也有誇獎我的時候。是不是故意想安慰安慰我，讓我覺得舒服些？」

燕七沒有回答，只是緊緊握住了他的手。

冰冷的手好像已漸漸溫暖了起來。

又過了很久，郭大路才緩緩道：「其實我們認識並不久，但我總覺得你是我平生最好的朋友。其實王動也是我最好的朋友，但我對你還是和對他不同。」

燕七輕輕的問道：「有什麼不同？」

郭大路道：「我也說不出來有什麼不同，只不過……只不過王動若有什麼對不起我的地方，我一定會原諒他；但你若對不起我，我反而很生氣，氣得要命。」

這種情感的確很微妙，也難怪他解釋不出。

燕七的指尖好像在發抖，心裡好像很激動，只可惜郭大路看不出他臉上的表情來，否則也許就會明白很多事了。

但不明白也很好。

那種縹縹緲緲、朦朦朧朧的感覺，有時反而更美、更奇妙。

只可惜他們能享受這種感覺的時候已不多了。

燕七忽然道：「我還想知道一件事，卻不知該不該問出來？」

郭大路道：「你說。無論什麼話，你都可以對我說的。」

燕七道：「假如衛夫人真的肯放過我們，真的將那麼多金子都送給我們，你是不是就會將林太平的下落告訴她？」

郭大路沒有直接回答這句話，只是緩緩道：「我只知道金子一定有用完的時候，人也一定有死的時候，但友情和道義卻永遠都存在的。」

他笑了笑，接著道：「就因爲世上還有這種東西存在，所以人才和畜牲不同。」

燕七長長嘆息了一聲，道：「我好像很少聽到你說這種話，你一天到晚好像都是嬉皮笑臉的樣子，想不到你也能說得出這種道理來。」

郭大路道：「有些道理並不是要你用嘴說的。」

燕七道：「你若不說，別人怎麼知道你究竟是個怎麼樣的人呢？」

郭大路道：「我根本就用不著別人知道，只要我的朋友知道，只要你知道，那就已足夠了。」

他忽又笑道：「但現在我也很想知道一件事。」

燕七道：「是不是想知道我還沒有告訴你的那樣秘密？」

郭大路道：「答對了。」

燕七道：「你……你還沒有忘記？」

郭大路笑道：「我早就說過，無論死活，都不會忘記。」

燕七沉默了很久，幽幽道：「其實我已有很多次都想要將這個秘密說出來了，卻又怕說出後會後悔。」

郭大路道：「後悔？誰後悔？」

燕七道：「我。」

郭大路道：「你爲什麼要後悔？」

燕七道：「因爲……因爲我怕你知道這件事後，就不願再跟我交朋友。」

郭大路用力握住了他的手，道：「你放心，無論你是個怎麼樣的人，無論你以前做過什麼事，我都永遠是你的朋友。」

燕七道：「真的？」

郭大路大聲說道：「我若有半句虛言，就叫我不得好……」

「死」字還沒有說出口，燕七已掩住他的嘴，柔聲道：「好，我告訴你，我本是個……」

突然間，黑暗中又有一點燈光亮起，照著一樣很奇怪的東西。

看來像是個鐵筒架在木架上，黑黝黝的，總有大海碗般粗細。

接著，衛夫人的聲音又響起：「你們認不認得這是什麼？」

郭大路道：「不認得。」

衛夫人笑道：「看來你非但食古不化，而且孤陋寡聞。」

這句話剛說完，那鐵筒裡忽然發出天崩地裂般一聲大震。

郭大路的耳朵都快被震聾了。

過了半天，郭大路才能張得開眼睛，只見四面煙硝瀰漫，鐵筒對面的石壁已被打開一個大洞。

衛夫人道：「現在你總該知道這是什麼了吧？」

郭大路長長吐了口氣，問道：「這難道就是大砲麼？」

衛夫人笑道：「你總算變得聰明了些。」

砲口在移動，已對準了燕七和郭大路。

衛夫人道：「你想不想嚐嚐這大砲的滋味？」

郭大路道：「不想。」

衛夫人道：「那麼你就趕快說出來吧。」

郭大路道：「不說。」

衛夫人悠然道：「也許，你還不知道這種大砲的厲害。」

郭大路道：「我知道。」

衛夫人道：「你知道什麼？」

郭大路道：「聽說若用這種砲去攻城，無論多堅固的城牆都擋不住。」

衛夫人笑道：「既然城牆都擋不住，你難道還能擋得住？」

郭大路忽然大笑，道：「這你就不懂了，我的臉皮本來就比城牆還厚。」

衛夫人怒道：「你真的不說？」

郭大路好像連話都懶得說了，只是轉過了頭，凝視著燕七。

燕七的目光溫柔如水，但聲音卻堅決如鋼。

他斷然道：「算上昨天那次，我已經死過八次了，再死一次又何妨？」

「死」，本是件最艱難、最可怕的事，但在他們嘴裡說出來，卻好像輕鬆得很。

郭大路忽然嘆了口氣，拉著燕七的手道：「我只有一件遺憾的事。」

燕七柔聲道：「我明白，但那件事我無論死活都會告訴你。」

郭大路展顏笑道：「既然如此，我還有什麼放不下的呢？」

衛夫人冷冷道：「好，那你們就死吧。」

砲口正對著燕七和郭大路。

「砰」的，又是天崩地裂般一聲大震。

煙硝迷漫中，可以看到他們的人倒了下去，倒在一起……

有人說死很困難，有人說死很容易。
你說呢？

廿二 柳暗花明

一

對燕七說來，死的確很容易。他已經死了九次。

現在他居然又活了。

他覺得自己躺在一張柔軟而舒服的床上，眼睛裡看到的每樣東西都很華麗、很精緻，簡直已不像是人間所有的。

他上次醒來的地方若是地獄，這地方一定就是天堂。

但若沒有郭大路在一起，天堂又有什麼意思？

郭大路呢？難道下了地獄？

燕七掙扎著爬起，就看到了郭大路。

他幾乎不相信自己的眼睛。

屋裡有張桌子，桌上擺滿了酒食，郭大路正坐在那裡大吃大喝。

他看到燕七才放下筷子，笑道：「我看你睡得正好，不想吵醒你，所以就先來享受了；好在這裡的東西多得很，十個人也吃不完。」

燕七道：「是你帶我到這裡來的？」

郭大路道：「不是。」

燕七道：「這裡是什麼地方？」

郭大路道：「不知道！」

燕七瞪了他一眼，恨恨道：「你知道什麼？」

郭大路笑道：「我只知道這裡的廚子不錯，酒也不錯，你還等什麼？」

他接著又笑道：「不吃白不吃，這句話你還沒有學會。」

燕七忍不住嫣然一笑，道：「早就學會了。」

屋裡不但有門，還有窗子。

窗外傳來一陣陣梅花的香氣。

燕七道：「你有沒有出去過？」

郭大路道：「沒有。」

燕七皺眉道：「為什麼不出去看看？」

郭大路笑道：「顧得了嘴，就顧不得眼睛了，還是嘴比眼睛重要。」

燕七道：「你至少應該先找到這裡的主人才是。」

郭大路道：「他反正會來找我們的，我們何必急著去找他。」

這句話剛說完，外面就響起了敲門聲。

一個白衣如雪、明眸巧笑的小姑娘，手裡托著兩壺酒，盈盈走了進來，看來倒真有幾分像是天上的仙子。

郭大路眼睛有點發直了，燕七瞪了他一眼，他才乾咳了兩聲，將身子坐正，卻還是忍不住笑道：「我正愁酒不夠，想不到酒已來了。」

白衣少女抿嘴笑道：「你既已到了這裡，無論想要什麼，就有什麼。」

燕七道：「我們怎會到這裡來的？」

白衣少女笑道：「當然是這裡的主人把你們救來的了。」

郭大路道：「你就是這裡的主人？」

白衣少女眨了眨眼，道：「你看我像不像？」

郭大路道：「不像。」

白衣少女嫣然道：「我自己看也不像。」

郭大路道：「那麼這裡的主人是誰呢？我們認不認得他？」

白衣少女道：「我只知道他一定認得你。」

郭大路道：「爲什麼？」

白衣少女笑道：「因爲，他說你一個人吃的比五個人都多，特地叫我多準備　點酒菜。他若不認得你，怎麼會對你如此瞭解呢？」

郭大路大笑，道：「這麼樣看來，他不但認得我，還一定是我的好朋友。」

白衣少女眨著眼笑道：「請你喝酒的，都是你的好朋友？」

燕七冷冷道：「一點也不錯。」

他不但臉色又變得很難看，而且連筷子都放了下來。

郭大路瞟了他一眼，也不敢多說話了。

白衣少女道：「等兩位吃飽了，我就帶兩位去見這裡的主人，他一直都在等著兩位。」

燕七霍然站了起來，道：「我現在已經飽了。」

白衣少女眼波流動，嫣然道：「你怎麼一看到我就飽了呢？」

燕七淡淡道：「因爲你長得比一隻蹄膀還可愛。」

梅花白雪，曲廊雕柱。

白衣少女板著臉在前面帶路，既不說話也不笑了。

她的確很甜、很美，但的確稍微胖了一點。

「燕七居然拿她來比蹄膀，倒是虧他怎麼想得出來的。」郭大路看著燕七，想笑，又不敢笑。

因爲燕七的臉色還是不太好看。也不知爲了什麼，他好像討厭女人，尤其討厭跟郭大路開玩笑的女人。

「他以前一定也吃過女人的虧，上過女人的當。」

郭大路決定以後一定要設法開導開導他，告訴他女人並不是每個都討厭的，其中偶爾也有幾個比全部男人都可愛得多。

二

長廊已走盡。

盡頭處珠簾低垂，他們剛走過去，就聽到簾子裡有人在笑道：「你們又來了麼？請進請進。」

衛夫人！這赫然又是衛夫人的聲音。

原來這裡的主人還是她。

她下毒、扮鬼，甚至不惜將攻城的大砲都搬來對付他們，可是她現在又救了他們，而且還拿好酒好菜來招待他們。郭大路和燕七面面相覷，實在猜不透她究竟在打什麼主意。

衛夫人的笑容還是那麼高貴，那麼動人。

她看著郭大路和燕七，帶著微笑道：「你們也不必問我究竟在打什麼主意，我的主意本就從沒有別人能猜得到的。」

郭大路嘆了口氣，道：「這句話我相信。」

衛夫人道：「還有件事你不妨相信。」

郭大路道：「什麼事？」

衛夫人又道：「你們現在已可走了，隨時都可以走，無論到哪裡去，我都絕不會派人跟蹤你們的。」

郭大路怔了怔道：「你不想要我們的命了？」

衛夫人道：「不想。」

郭大路道：「你也不想知道林太平的下落了？」

衛夫人道：「至少目前已不想。」

郭大路道：「你費了那麼多事來對付我們，現在卻隨隨便便就讓我們走了？」

衛夫人道：「不錯。」

郭大路又嘆了口氣，道：「這句話，我實在不能相信。」

衛夫人道：「連我的話你都不信？」

郭大路道：「我爲什麼一定要相信你？」

衛夫人道：「你知道我是什麼人？」

郭大路道：「我知道你是個很有錢、很有地位、也很有本事的人，但這種人說的話通常都未必可靠。」

衛夫人凝視著他，忽然笑了笑，道：「你們一定覺得我做的事很奇怪，但你們若真正知道我是什麼人之後，就不會奇怪了。」

燕七忍不住問道：「你究竟是什麼人？」

衛夫人一個字一個字道：「我就是林太平的母親。」

這句話說出來，郭大路和燕七又大吃了一驚。

他們實在不敢相信，卻又不能不相信。

衛夫人這一生中就算也曾說過謊，現在卻絕不像是說謊的樣子。

郭大路道：「我就相信你真是林太平的母親，但母親又怎會不知兒子的下落呢？」

衛夫人輕輕的嘆息了一聲，黯然道：「這就是做母親的悲哀，兒子長大了之後，做的事往往就不是母親所能瞭解的了。」

她忽又笑了笑，接著道：「這也許只因爲他已漸漸變成了個男人。」

郭大路忍不住問道：「他究竟做了什麼？」

衛夫人嘆道：「他什麼也沒有做，只不過從家裡逃了出去。」

郭大路怔道：「從家裡逃了出去？爲什麼要逃？」

衛夫人道：「他逃婚。」

郭大路愕然道：「逃婚？」

衛夫人苦笑道：「我看他年紀漸漸大了，就替他訂了門親事，誰知道他竟在婚禮的前一天晚上，偷偷的逃了出去。」

郭大路怔了半晌，忍不住笑了，道：「我明白了，他一定不喜歡那個女孩子。」

衛夫人道：「那女孩子他連見都沒有見過。」

郭大路又不禁覺得奇怪，道：「既然沒有見過，他怎麼知道那女孩子好不好呢？」

衛夫人道：「他根本不知道。」

郭大路道：「既然不知道好不好，爲什麼要逃？」

衛夫人嘆道：「只因那門親事是我替他訂下來的，所以他就不喜歡。」

郭大路又笑了，道：「老婆是自己的，本就該自己來選才對。你若肯先讓他看看那女孩子，他也許就不會逃了。」

他神色突然變得很嚴肅，又道：「這並不是說他不孝順你，但一個男人長大了之後，多多少少總該有一點自己的主意，否則他又怎麼能算是男人。」

衛夫人慢慢的點了點頭，道：「我本來也很生氣，但後來想了想，反而覺得有點高興。」

燕七忽然道：「你的確應該高興，因爲像他這麼樣有主見的男人，世上還不多。」

郭大路道：「現在雖然不多，但以後一定會慢慢多起來的。」

衛夫人展顏道：「所以我現在已改變主意，並不一定要逼他回去成親了。」

她目光凝視著遠方，慢慢的接著道：「我想一個男孩子在成長的時候，能一個人在外面闖蕩闖蕩，磨練磨練自己，對他這一生總是有好處的。」

郭大路嘆了口氣，苦笑道：「這些話你若早點說出來多好？」

衛夫人笑道：「我以前沒有說出來，只因爲我還有點不放心。」

郭大路道：「不放心什麼？」

衛夫人道：「不放心他的朋友。」

郭大路道：「你那麼樣做只不過是在試探我們？」

衛夫人笑道：「你們既然是他的好朋友，想必也不會怪我的。」

郭大路道：「現在你放心了沒有？」

衛夫人柔聲道：「現在我已知道，他的朋友非但不惜爲他挨餓、爲他死，而且還能爲他拒絕各種誘惑，在我看來，那比死還困難得多。」

她嘆息著，又道：「他能交到這種朋友，真是他的運氣，我還有什麼不放心的。」

「孩子長大了，雖已不再屬於母親，但母親總歸是母親。」

「所以他無論在哪裡，永遠都是你的兒子。」

做母親的若能懂得這道理，她的悲哀就會變爲歡愉。

三

小城還是那麼樸實，那麼寧靜。有些地方是永遠都不會變的，只有人在變，人心在變。

但有些人也是永遠不會變的。看到郭大路和燕七回來，王動還是躺在床上，還是連動都不動。

郭大路卻忍不住道：「六七天不見，你難道也沒有一句話問我們？」

王動這才懶洋洋的打了個呵欠，道：「問什麼？」

郭大路道：「你至少應該問問我們，這幾天過得好不好。」

王動道：「我不必問。」

郭大路道：「爲什麼不必問？」

王動道：「你們只要能活著回來，就已經很不錯了。」

燕七眨眨眼，道：「可是你至少總應該問問，活剝皮究竟剝誰的皮？」

王動道：「我也不必問。」

燕七道：「爲什麼？」

王動笑了笑，淡淡道：「像他那種人，除了剝他自己的皮之外，還能剝誰的皮？」

除了出手對付鳳棲梧那次外，林太平無論做什麼事都比別人慢半拍。無論吃飯也好，說話也好，走路也好，他總是慢吞吞的、不慌不忙的樣子，就算火燒到眉毛，他好像也不會著急。

郭大路有時甚至覺得他像是個老頭子。

他不像王動，他並不懶。他就是這種溫吞水脾氣。

郭大路和燕七回來已有老半天了，他才慢吞吞的走了進來，衣服已穿得整整齊齊，頭髮也梳得整整齊齊。

無論任何時候、任何地方，他的樣子看來總像是一枚剛剝開的硬殼果，又新鮮、又乾淨。

「這人隨時隨地都好像準備被皇帝召見似的。」

郭大路和燕七對望了一眼，都不禁笑了。

因爲他們又想到了衛夫人。也只有衛夫人那樣的母親，才能生得出林太平這樣的兒子。

「好樹上是絕不會長出爛桃子來的。」

林太平看著他們，也不知道他們在笑什麼，喃喃道：「看樣子你們這幾天一定玩得很開心。」

郭大路笑道：「開心極了。」

林太平道：「你們知不知道活剝皮已失蹤了，利源當鋪已換了老闆？」

郭大路道：「不知道。」

林太平道：「連這種大事都不知道，這兩天你們究竟幹什麼去了？」

郭大路和燕七又對望了一眼，又笑了笑，他們早已有了決定，決定不對任何人說出他們這幾天來的遭遇。

因爲他們覺得林太平不知道這件事反而好，他們既不願影響林太平的決定，也不想林太平對他們感激。

他們只希望林太平能自由自在的跟大家生活一段時候，那他一定就會變得更堅強、更成熟、更聰明。

這也正是衛夫人所希望的。

郭大路笑道：「這兩天我們也沒幹什麼，只不過被人毒死過一次，見過一次閻王，又被大砲轟過一次，最後這人請我們大吃大喝了一頓，我們就回來了。」

林太平瞪著他，瞪了很久，忽然大笑，道：「我知道你很會吹牛，但這次卻未免吹得太過火了些，只怕連三歲的小孩子都不會相信。」

郭大路舒舒服服的躺下去，閉上眼睛，長長吐出口氣，微笑道：「這種事我就知道絕沒有人會相信的。」

廿三　王動的秘密

一

每個人都有秘密。

王動是人。

所以王動也有秘密。

像王動這種人居然也會有秘密，也是件很難令人相信的事。

他從沒有單獨行動過，甚至連下床的時候都很少。

燕七本來也連做夢都不會想到他有秘密。

但第一個發現王動有秘密的人，就是燕七。

他是怎麼發現的呢？

他第一次發現這秘密，是因爲他看到了一樣很奇怪的東西。

他看見了一隻風箏。

風箏並不奇怪，但從這隻風箏上，卻引起了許許多多很奇怪、很驚人，甚至可以說是很可怕的事。

二

按季節來說，現在應該已經是春天了，但隨便你左看右看，東看西看，還是看不到有一點春天的影子。

天氣還是很冷，風還是很大，地上的積雪還有七八寸厚。

這一天難得竟有太陽。

王動、燕七、郭大路、林太平都在院子裡曬太陽。

他們也像別的那些窮光蛋一樣，從不願意放棄曬太陽的機會。

在寒冷的冬天裡，曬太陽已可算是窮人們有限的幾種享受之一。

王動找了張最舒服的椅子，懶洋洋的半躺在屋簷下面。

林太平坐在旁邊的石階上，手捧著頭，眼睛發直，不知道在想什麼心事。

郭大路本來一直都很奇怪，這人年紀輕輕，爲什麼看來總是心事重重的，心裡好像藏著很多不足爲外人道的秘密。

現在他已不覺得奇怪，他已知道林太平在想什麼。

可是燕七的秘密呢？

郭大路忍不住又將燕七悄悄拉到一旁，道：「你那秘密現在總可以告訴我了吧？」

自從回來之後，這已是他第七十八次問燕七這句話了。

燕七的回答還是跟以前一樣。

「等一等。」

郭大路道：「你要我等到什麼時候？」

燕七道：「等到我想說的時候。」

郭大路著急道：「你難道一定要等到我快死的時候才肯說？」

燕七瞟了他一眼，眼神彷彿變得很奇怪，過了很久才幽幽道：「你真不知道我要告訴你的秘密是什麼？」

郭大路道：「我若知道，又何必問你？」

燕七又看了很久，忽然噗哧一笑，搖著頭道：「王老大說的真不錯，這人該糊塗的時候聰明，該聰明的時候，他卻比誰都糊塗。」

郭大路道：「我又不是你肚子裡的蛔蟲，怎知道你的秘密是什麼？」

燕七忽又輕輕嘆息了一聲，道：「也許你不知道反而好。」

郭大路道：「有哪點好？」

燕七道：「有哪點不好？我們現在這樣子不是過得很開心麼？」

郭大路道：「我若知道後，難道就會變得不開心了麼？」

燕七輕輕嘆息著道：「也許……也許那時我們就會變得天天要吵嘴，天天要嘔氣了。」

郭大路瞪著他，重重跺了跺腳，恨恨道：「我真弄不懂你，你明明是個很痛快的人，但有時卻簡直比女人還彆扭。」

燕七道：「彆扭的是你，不是我。」

郭大路道：「我有什麼彆扭？」

燕七道：「人家不願意做的事，你爲什麼偏偏要人家做？」

郭大路道：「人家是誰？」

燕七道：「人家就是我。」

郭大路長長嘆了口氣，用手抱住頭，喃喃道：「明明是他，他卻偏偏要說是人家。這人連說話的腔調都變得愈來愈像女人了，你說這怎麼得了？」

燕七忽又嫣然一笑，故意改變了話題，道：「你想活剝皮爲什麼會忽然走了呢？」

郭大路本來不想回答這句話的，但憋了半天，還是忍不住，道：「不是他自己想走，是那老太婆逼著他走的。」

燕七道：「爲什麼？」

郭大路道：「因爲那老太婆生怕我們追查她的身分來歷。」

燕七道：「這麼樣看來，她的身分一定很秘密，和活剝皮之間的關係也一定很特別。」

郭大路道：「嗯！」

燕七道：「你爲什麼不去打聽打聽，他們躲到哪裡去了呢？」

郭大路道：「我爲什麼要打聽？」

燕七道：「去發掘他們的秘密呀。」

郭大路道：「我爲什麼要去發掘別人的秘密？有些秘密你隨便用什麼法子都發掘不出的，但等到了時候，你不用發掘也會知道。」

燕七又笑了笑，道：「你既然明白這道理，爲什麼還總是逼我說呢？」

郭大路瞪著他，忽然嘆了口氣，道：「因爲我關心的不是那老太婆，因爲我只關心你。」

燕七慢慢的轉過頭，彷彿故意避開郭大路的目光。

他剛轉過頭，就看到一隻風箏。

一隻大蜈蚣風箏，做得又精巧、又逼真，在藍天白雲間盤旋飛舞著，看來簡直就像是活的。

燕七拍手笑道：「你看，那是什麼？」

郭大路也看見了，也覺得很有趣，卻故意板著臉道：「那只不過是個風箏而已，有什麼好稀奇的，你難道連風箏都沒有見過麼？」

燕七道：「但在這種時候，怎麼會有人放風箏？」

郭大路淡淡道：「只要人家高興，隨便什麼時候都可以放風箏的。」

其實他當然也知道，現在還沒有到放風箏的時候，就算有人要放，也一定放不高，甚至根本放不起來。

但這隻風箏卻放得很高，很直，放風箏的人顯然是此中高手。

燕七道：「你會不會做風箏？」

郭大路道：「不會，我只會吃飯。」

燕七眨了眨眼，笑道：「王老大一定會……王老大，我們也做個風箏放放好不好？」

他衝到王動面前，忽然怔住。

王動根本沒有聽見他在說什麼，只是瞪大了眼睛，直勾勾的看著那隻風箏，目中的神色非常奇特，好像是從來沒看見過風箏似的。

看他臉上的神色，簡直就好像拿這風箏當做個真的蜈蚣會吃人的蜈蚣。

燕七也怔住，因爲他知道王動絕不是個容易被驚嚇的人。

就算真的看到七八十條活生生的蜈蚣在面前爬來爬去，王動臉上的顏色也絕不會改變的。

但現在他的臉看來卻像是張白紙。

突然間，他眼角的肌肉跳了一下，就像是被針刺著似的。

燕七抬起頭，就發覺天上又多了四隻風箏。

一隻是蛇，一隻是蠍子，一隻是老鷹。

最大的一隻風箏卻是四四方方的，黃色的風箏上，用珠筆彎彎曲曲的畫著些誰也看不懂的符籙，就像是鬼畫符。

子。

王動突然站起來，踉踉蹌蹌的衝入屋裡去，看來就像是已支持不住，隨時都會暈倒的樣子。

郭大路也走過來了，臉上也帶著詫異之色，道：「王老大是怎麼回事？」

燕七嘆了口氣，道：「誰知道他是怎麼回事，一看見這些風箏，他整個人就好像忽然變了。」

郭大路更奇怪，道：「一看見風箏，他的樣子就變了？」

燕七道：「嗯。」

郭大路皺皺眉道：「這些風箏難道有什麼特別的地方？」

他抬起頭，看著天上的風箏仔細研究了很久，還是連一點結果都沒有研究出來。

誰也沒法子研究出什麼結果來。

風箏就是風箏，並沒有什麼不同。

郭大路道：「我們不如進去問問王老大，問他這究竟是怎麼回事？」

燕七搖搖頭，嘆道：「問了也是白問，他絕不可能說的。」

郭大路道：「但這些風箏……」

燕七打斷了他的話，道：「你有沒有想到，問題並不在這些風箏上。」

郭大路道：「你認為問題出在哪裡？」

燕七道：「放風箏的人。」

郭大路一拍巴掌，道：「不錯，王老大也許知道是誰在放風箏。」

燕七道：「那些人也許是王老大以前結下的冤家對頭。」

林太平一直在旁邊聽著，忽然道：「我去看看，你們在這裡等我的消息。」

這句話還未說完，他的人已掠出牆外。

他平時一舉一動雖都是慢吞吞的，但真遇上事，他的動作比誰都快。

燕七不等他這句話說完，也已追了出去。

郭大路看了看燕七，道：「我們爲什麼要在這裡等他的消息？」

爲了朋友的事，他們是誰也不肯落在別人後頭的。

風箏放得很高，很直。

燕七打量著方向，道：「看樣子這些風箏是從墳場裡放上去的。」

郭大路點點頭，道：「我小時候也常在墳場裡放風箏的。」

「富貴山莊」距離墳場並不太遠，他們很快就已趕到那裡。

墳場裡唯一的一個人就是林太平。

郭大路道：「你看見了什麼沒有？」

林太平道：「沒有，連個鬼影子都沒有看見。」

風箏是誰放上去的呢？

五個稻草人。

五個披麻帶孝的稻草人，一隻手還提著根哭喪棒。

風箏的線，就繫在稻草人的另一隻手上。

稻草人當然不會放風箏。

稻草人也從不披麻帶孝的。

那些人爲什麼要這樣故弄玄虛？

郭大路他們對望了一眼，已發覺這件事愈來愈不簡單了。

燕七道：「風箏剛放上去沒多久，他們的人也許還沒有走遠。」

郭大路道：「對，我們到四面去找找看。」

燕七道：「他們想必有五個人，我們最好也不要落單。」

他們圍著墳場繞了一圈，又看到山坡下的那間小木屋。

他們就是在這小木屋裡找到酸梅湯的。

「放風箏的那些人會不會躲在這小木屋裡？」

三個人心裡不約而同都在這麼想，郭大路已第一個衝了過去。

燕七失聲道：「小心。」

他的話剛出口，郭大路已踢開門闖了進去。

木屋還是那木屋，但木屋裡卻已完全變了樣子。

酸梅湯在這裡燒飯用的鍋灶現在已全不見了，本來很髒亂的一間小木屋，現在居然已被打掃得乾乾淨淨，連一點灰塵都沒有。

屋子正中，擺著張桌子。

桌子上擺著五雙筷子，五隻酒杯，還有五柄精光耀眼的小刀。

刀刃薄而鋒利，刀身彎曲，形狀很奇特。

除此之外，屋子裡就再也沒有別的。

郭大路剛拿起柄刀在看，燕七已趕了進來，跺腳道：「你做事怎麼還是這麼粗心大意，隨隨便便就闖了進來，屋子裡萬一有人呢？你難道就不怕別人暗算你？」

郭大路笑道：「我不怕。」

燕七道：「你不怕，我怕。」

這句話剛說出口，他自己的臉忽然紅了，紅得厲害。

幸好別人都沒有留意。

林太平本來也在研究著桌上的刀，此刻忽然道：「這刀是割肉用的。」

郭大路道：「你怎麼知道？」

林太平道：「我見過，塞外的胡人最喜歡用這種刀割肉。」

郭大路道：「他們難道是來自塞外的胡人？」

林太平沉吟著，道：「也有可能，只不過胡人只用刀，不用筷子。」

燕七目中忽然掠過一陣驚恐之意，道：「這裡只有刀，沒有肉，他們準備割什麼肉？」

郭大路笑道：「總不會是準備割王動的肉吧。」

他雖然在笑著，但笑得已很不自然。

燕七好像忍不住機伶伶打了個寒噤，道：「我們還是趕快回去吧，只留下王老大一個人在家裡，我實在有點不放心。」

郭大路變色道：「對，我們莫要中了別人調虎離山之計。」

一想到這裡，三個人同時衝了出去。

他們用最快的速度掠過墳場，燕七突又停下來，失聲道：「不對。」

郭大路道：「有什麼不對？」

燕七臉色發白，道：「那五個稻草人剛才好像就在這裡的。」

郭大路忽然也忍不住機伶伶打了個寒噤。

那五個稻草人剛才的確是在這裡的，但現在已不見了。

藍天白雲，真是難得的好天氣。

但天上的風箏也不見了。

他們用最快的速度跑回去，到了門口，又怔住。

五個稻草人赫然在他們門口，還是披著麻，戴著孝，手裡還是提著哭喪棒，只不過胸口上卻多了張紙條子，上面還好像寫著字。

很小的字，很難看得清。

風一吹，紙條子就被吹得簌簌直響，又好像是用針線縫在稻草人的麻衣上的。

林太平第一個趕到，伸手就去扯。

紙條子居然縫得很牢，他用了點力，才總算將它扯了下來。

就在這同一剎那間，稻草人手裡提著的哭喪棒也突然彈起，向林太平的小腹下打了過去。

幸好林太平經驗雖差，反應卻不慢，凌空一個翻身，已將哭喪棒避開。

誰知哭喪棒彈起來時，棒頭上還有一點烏光打了出來。

林太平只避開了哭喪棒，卻沒有避開哭喪棒的暗器。

他只覺右邊胯骨上一麻，好像被蚊子叮了口似的。

等他落到地上時，人竟已站不住了。

眨眼間一條右腿已變得完全麻木，他身子也倒了下去。

郭大路變色道：「毒針！」

他一共才說了兩個字，這兩個字說完，燕七已出手如風，將林太平右邊胯骨上，四面的穴道全都點住，另一隻手已自靴筒裡抽出柄匕首。

刀光一閃，林太平的衣裳已被割開，再一閃，已將林太平傷口那塊肉挖了出來，鮮血隨著濺出。

郭大路眼睛都看直了。

他實在想不到燕七應變竟如此快，出手更快。

「我已死過七次。」

直到現在，郭大路才相信燕七這句話不假。

只有死過七次的人，才能有這麼快的應變力，這麼豐富的經驗。

林太平已疼得冷汗都流了出來，但還是沒有忘記手裡的那紙條。

他咬緊牙根，喘息著道：「看看這紙條上寫的是什麼？」

紙條上密密的寫了行蠅頭小字：「你若不是王動，就是個替死鬼！」

風在吹。

稻草人被風吹得搖搖晃晃的，好像在對他們示威。

郭大路的火氣忽然上來了，忽然一拳向那稻草人打了過去。

稻草人當然不會還手，也不會閃避。

郭大路一拳剛打上去，燕七已攔腰將他抱住，他這一拳雖然沒有打實，還是打著了。

他拳頭打在稻草人胸口上時，也好像被蚊子叮了一口。

他只覺拳頭上癢癢的，還有點發麻，中指的骨節上已多了個黑點。

燕七的刀尖在這黑點上一挑，流出來的血也已變成黑的。

毒血，還帶著種說不出的腥臭之氣。

但燕七卻不嫌臭，也不嫌髒，竟一口口的將毒血全都吮吸了出來。

郭大路連眼淚都幾乎忍不住要流了出來。

他忽然發現燕七對他已並不完全是友情，而是一種比友情更深，比友情更親密的感情。

但他也說不出這種感情是什麼。

直到燕七站起來，他還是沒有說話，連一個感激的字都沒有說。

他心裡的感激也不是任何字能說得出來的。

燕七長長吐出口氣，輕輕道：「你現在覺得怎麼樣了？」

郭大路苦笑道：「我只覺得自己是個呆子，不折不扣的呆子。」

林太平一直在看著他們，忽然也長長嘆了口氣，道：「你的確是個呆子。」

他臉色已比剛才好看多了，但一條腿還是動也不能動。

燕七並沒有替他吮出傷口裡的毒血，可是他一點也不埋怨，更沒有責怪之意，彷彿也覺得這是應該的。

難道他也已看出了什麼？看出了一些只有郭大路看不出的秘密？

燕七的臉似又紅了，很快的轉過身，用刀尖挑開了稻草人身上的麻衣。

郭大路這才看到稻草上插滿了尖針，針頭在陽光下發著烏光，就連呆子也看得出每根針上的毒都足以要人的命。

剛才若不是燕七拉住他，他那一拳若是著著實實的打了上去，就算還能保住性命，這隻手也算報銷了。

林太平現在當然也已想到，紙條上的線連著哭喪棒的機簧，他一拉紙條，就將機簧發動。這稻草人全身上下彷彿都埋伏著殺人的毒針。

郭大路長長嘆了口氣，苦笑道：「一個稻草人居然能將我們兩個大活人打倒，這種事我若非自己遇見，無論誰說我也不會相信。」

林太平道：「稻草人已經這麼厲害了，做這稻草人的人豈非更可怕？」

郭大路道：「若不是很可怕，王老大又怎會那麼吃驚？」

燕七面色已又發白，道：「現在稻草人已來了，不知道他們自己來了沒有？」

林太平失聲道：「你們進去看看王老大，用不著管我，我的手還能動。」

郭大路什麼也沒有說，只是伸手將他架了起來。

燕七已衝了進去，高呼道：「王老大……王動！」

沒有回應，沒有聲音。

王動已不見了。

床上的被褥凌亂，王動卻不在床上，也不在屋子裡。

郭大路他們前前後後都找遍，還是找不到他的人。

他們都很瞭解王動。

能叫王動從床上爬起來的事已不多，能叫他一個人出去的事更少。

「這裡莫非已發生過什麼事？王動莫非已……」

郭大路連想都不敢想。

林太平躺在王動的床上，蒼白的臉又已急得發紅，大聲道：「我早就已告訴過你們，用不著管我，快去找王老大。」

郭大路也發急了，大聲道：「當然要去找，但你叫我們到哪裡去找？」

林太平怔住。

他看看燕七，燕七也在發怔。

現在他們已有兩個人受了傷，但卻連對方是誰都不知道。

這件事到現在爲止，還是連一點頭緒都沒有。

現在他們只知道一點：這些人的確和王動有仇，而且仇必定極深。

但知道這點又有什麼用？簡直跟完全不知道沒有什麼兩樣。

就在這時，走廊上忽然響起一陣腳步聲。

腳步聲很輕，很慢。

郭大路他們幾乎連心跳都已停止。

來的絕不是稻草人！

稻草人不會走路！

燕七向郭大路打了個眼色，兩個人身子一閃，同時躲到門後。

腳步聲愈來愈近，終於停在門外。

燕七手裡的匕首已揚起。

門是虛掩著的，一隻手在推門。

燕七手腕一翻，匕首閃電般揮了出去，劃向這隻手的脈門。

床上的林太平忽然大喝道：「住手！」

三

喝聲一起，燕七的手立刻硬生生停住，刀鋒距離推門這隻手的腕脈還不及半寸。

但這隻手還是很穩定，還是慢慢的把門推開。

這隻手上的神經就像是鐵鑄的。

門推開，王動慢慢的走了進來，另一隻手上提著一罈酒。

燕七手上的刀鋒在閃著光。

林太平躺在床上，無論誰都可看出他受了傷。

但王動卻好像什麼都沒看見，臉上還是一點表情也沒有。這人全身上下的神經好像是鐵鑄的。

他慢慢的走了進來，慢慢的把酒放在桌子上。

第一個沉不住氣的是郭大路，大聲問道：「你到哪裡去了？」

王動淡淡的道：「買酒去了。」

他回答得那麼自然，好像這本是天下最合理的事。

「買酒去了」，這種時候他居然買酒去了。

郭大路看著他，簡直有點哭笑不得。

王動一掌拍開了酒罈上的封泥，嗅了嗅，彷彿覺得很滿意，嘴角這才露出一絲笑容，道：「這酒還不錯，來，大家都來喝兩杯。」

郭大路忍不住道：「現在我不想喝酒。」

王動道：「不想喝也得喝，非喝不可。」

郭大路道：「爲什麼？」

王動道：「因爲這是我替你們餞行的酒。」

郭大路失聲道：「餞行？爲什麼要替我們餞行？」

王動道：「因爲你們馬上就要走了。」

郭大路跳了起來，道：「誰說我們要走？」

子。」

王動道：「我說的。」

燕七搶著道：「但我們並不想走。」

王動沉下了臉，冷冷道：「不想走也得走，你們難道想在我這裡賴上一輩子？」

燕七看看郭大路，郭大路眨眨眼，忽然道：「答對了，我們正是想在你這裡賴上一輩子。」

郭大路道：「沒有。」

王動鐵青著臉，道：「你們住在這裡，付過房錢沒有？」

王動道：「是不是我要你們搬進來的？」

郭大路道：「不是，是我們自己來的。」

王動冷笑道：「既然如此，你們憑什麼賴著不走？」

燕七忽然道：「好，走就走。」

他真的說走就走，只不過走過郭大路面前的時候，向郭大路擠了擠眼睛。

郭大路眼珠子一轉，道：「對，走就走，沒什麼了不起。」

他居然也說走就走，好像連片刻都耽不住了。

林太平怔了怔，道：「你們連酒都不喝了嗎？」

郭大路道：「既然已被人趕了出去，還有什麼臉喝酒。」

林太平看看王動。

王動臉上還是一點表情也沒有，冷冷道：「不喝就不喝，酒放在這裡難道還會發霉麼？」

林太平道：「我留下來好不好？我走不動。」

王動板著臉道：「走不動就爬出去。」

林太平怔了半晌，終於嘆了口氣，一拐一拐的跟著他們走了出去。

王動站在那裡，冷冷地看著他們走出門，連動都不動。

過了半晌，只聽「砰」的一聲，也不知是誰將外面的大門重重的關了起來。

王動忽然捧起桌上的酒罈子，「咕嘟咕嘟」一口氣喝了七八口才停下來，抹了抹嘴，喃喃道：「好酒，這麼樣的好酒居然有人不喝，這些人不是呆子是什麼？」

他望著手裡的酒罈子，一雙冷冰冰的眼睛忽然紅了，就像是隨時都可能有眼淚要流下來。

燕七頭也不回的走到大門外，忽然停住。

郭大路走到他身旁，也忽然停住。

林太平跟出來，「砰」的，重重的關上門，瞪著他們道：「想不到你們真的說走就走。」

郭大路看看燕七。

燕七什麼話也不說，卻在大門外的石階上坐了下來，面對著那稻草人。

郭大路立刻也跟著坐了下來，也看著這稻草人，喃喃道：「怪事年年有，今年特別多，稻草人不但會放風箏，還會殺人，你說奇怪不奇怪？」

林太平道：「奇怪。」

他也坐了下來，一隻手還是緊緊的按著傷口。

現在他總算也明白郭大路和燕七的意思了，所以也不再說什麼。

也不知過了多久，才聽到王動的腳步聲慢慢的走出來，穿過院子，走到大門口，重重的插上了門閂。

突然間，門閂又拔了出來，大門霍然打開。

王動站在門口，張大了眼睛瞪著他們。

燕七、郭大路、林太平，三個人一排坐在門外，誰也沒有回頭。

王動忍不住大聲道：「你們爲什麼還不走？坐在這裡幹什麼？」

三個人誰也不理他。

燕七只是瞟了郭大路一眼，道：「我們坐在這裡犯不犯法？」

郭大路道：「不犯法。」

林太平道：「連稻草人都能坐在這裡，我們爲什麼不能？」

王動厲聲道：「這裡是我的大門口，你們坐在這裡，就擋住了我的路。」

燕七又瞟了郭大路一眼，道：「人家說我們擋住了他的路。」

郭大路道：「那麼我們就坐開些。」

三個人一起站了起來，走到對面，又一排坐了下來，面對著大門。

燕七道：「我們坐在這裡行不行？」

郭大路道：「爲什麼不行，這裡既不是人家的屋子，也不擋路。」

林太平道：「而且高興坐多久，就坐多久。」

王動瞪著他們。

他們卻左顧右盼，就是不去看王動。

王動大聲道：「你們坐在這裡究竟想幹什麼？」

郭大路道：「什麼也不幹，只不過坐坐而已。」

燕七道：「我們高興坐在哪裡，就坐在哪裡，誰也管不了。」

林太平道：「這裡好涼快。」

燕七道：「又涼快，又舒服。」

郭大路道：「而且絕不會有人來找我們收租金。」

王動突然扭頭走了進去，「砰」的，又將門重重的關了起來。

燕七看看郭大路，郭大路看看林太平，三個人一起笑了。

雖然笑了，但笑容中還是帶著些憂鬱之色。

太陽已下了山。

春天畢竟還來得沒有這麼早，白天還是很短。

太陽一下山，天色眼看就要暗了起來。

天色一暗，這裡就會發生些什麼事？誰都不知道，甚至連猜都不敢猜。

燕七悄悄拉起了郭大路的手，道：「你的傷怎麼樣了？」

郭大路道：「不妨事，照樣還是可以揍人。」

燕七這才轉向林太平，道：「你呢？」

林太平道：「我的傷口已漸漸有點發痛。」

燕七吐了口氣，道：「那就不妨事了。」

被毒藥暗器打中的傷口若已在發疼，就表示毒已拔盡。

郭大路卻還是有點不放心，所以又問道：「痛得厲不厲害？」

林太平笑了笑，道：「還好，雖然不見得能跳牆，卻也照樣還是可以揍人。」

燕七道：「你們餓不餓？」

郭大路道：「餓得想把你吞下去。」

燕七也笑了，道：「但你肚子餓的時候，也照樣可以揍人的，對不對？」

郭大路笑道：「答對了。」

天色果然暗了下來。

三個人神情看來已漸漸有點緊張。

但現在他們已有了準備，準備揍人。

郭大路握緊了拳頭，瞪大了眼睛，道：「現在真是：萬事俱備，只欠東風。」

林太平忍不住問道：「東風是什麼？」

郭大路道：「就是挨揍的人。」

就在這時，他已看見了一個人。

四

一個抱著酒罈子的人。

大門忽然又開了，王動抱著酒罈子走了出來。

這次他沒有理他們，卻在大門口的石階上坐了下來。

四個人面對面的坐著，誰也不說話。

第一個憋不住的人當然還是郭大路。

他嘆了口氣，喃喃道：「我記得剛才好像有人要請我們喝酒的。」

王動既不答腔，也不看他，忽然將酒罈子向他拋了過去。

你無論將什麼東西拋向郭大路，他都可能接不住，但酒罈子——

拋過來的若是個酒罈子，就算睡著他也照樣能夠接住。

他一口氣灌下了好幾口，才遞給燕七；燕七喝了幾口，又傳給林太平。

王動忽然道：「受了傷的人若還想喝酒，一定是活得不耐煩了。」

林太平道：「誰說我受了傷？我只不過被條小蟲咬了一口而已。」

王動忍不住問道：「什麼蟲？」

林太平道：「小蟲。」

王動忽然衝過去，將酒罈子搶了過來，鐵青著臉，道：「你們究竟想在這裡坐到什麼時候？」

郭大路又憋不住了，大聲道：「坐到有人來找你的時候。」

王動道：「誰說有人要來找我？」

郭大路道：「我說的。」

王動道：「你怎麼知道？」

郭大路道：「這稻草人告訴我的。」

他用眼角瞟著王動，笑道：「這稻草人不但會放風箏，還會說話，你說奇怪不奇怪？」

王動臉色突又變了，慢慢的退了回去坐到石階上。

四下靜得很，只有罈子裡的酒在響。

燕七忽然道：「罈子裡的酒也在說話，你聽見了沒有？」

郭大路道：「它在說什麼？」

燕七道：「他說有個人的手在抖，抖得它頭都發暈了。」

王動霍然站起來，瞪著他。

他還是不看王動。

三個人東張西望什麼地方都去看，就是不看王動。

突然間，一點火星飛了過來，射在第一個稻草人的身上。

「蓬」的一聲，稻草人立刻燃燒了起來。

火光是慘碧色的，還帶著一縷縷輕煙。

王動變色道：「快退，退回屋裡去。」

他揮手將酒罈子拋給了郭大路，轉身抱起了林太平，人已衝進了大門。

王動終於動了。

他不動則已，一動起來就比誰都快。

郭大路也動了，先放下那罈酒再動。

因爲他並沒有向屋子裡退，反而向火星射來的方向撲了過去。

他一撲過去，燕七自然也跟著。

王動大喝道：「快退回來，那邊去不得。」

郭大路沒聽見，就好像忽然變成了聾子。

他聽不見，燕七就也聽不見。

林太平嘆了口氣，道：「這人就喜歡到去不得的地方去，你現在難道還不知道他的毛病？」

一棟房子假如被人稱做「山莊」，最低限度也得有幾樣最起碼的條件：

這房子絕不會太小。

這房子就算沒有蓋在山上，至少也得蓋在山麓下。

房子的大門外，大大小小總有片樹林子。

「富貴山莊」雖然一點也不富貴，至少總還是個「山莊」。

所以門外也有片樹林，剛才那點火星好像就是從樹林裡射出來的。

郭大路沉聲道：「那點火星是從那樹後面射出來的？」

燕七道：「我沒看清楚，你呢？」

郭大路道：「我也沒看清。」

天色本已很暗，樹林裡當然更暗，看不見人影，也聽不見聲音。

燕七道：「我看我們還是先回去跟王老大商量商量再說吧。」

郭大路道：「人家不跟我們商量，我們自己商量又有個屁用？」

他嘴裡一說出髒話的時候，就表示他火氣真的已上來了。

燕七道：「逢林莫入，你難道連江湖中的規矩都不懂？」

郭大路道：「我不懂。我本就不是老江湖，江湖中的那些破規矩我一樣也不懂。」

他身子突然向前一撲，已衝入了樹林。

暗林中彷彿有寒光閃動。

郭大路眼睛還沒有看清楚，人已撲了過去。

然後他就看見了一把刀。

一把彎刀。

一把割肉的刀。

刀釘在樹上，釘著一張紙條子。

紙條上當然有字，很小的字，就算在白天也未必能夠看得清。

郭大路剛想伸手拔刀，手已被燕七拉住。

燕七的臉色蒼白，瞪著眼道：「你上了一次當還不夠？還要上第二次？」

他又急又氣，郭大路卻笑了。

燕七道：「你笑什麼？」

郭大路道：「我笑你。」

燕七忍不住道：「你笑個屁。」

他嘴裡有髒話罵出來的時候，就表示他實在已氣得要命。

郭大路不笑了，正色道：「他們就算還想讓我上當，也應該換個新鮮的法子，怎麼會還用那老一套，難道真拿我們當呆子。」

燕七板著臉道：「你以爲你不是呆子？」

郭大路嘆了口氣，苦笑道：「好，你叫我不動手，我就不動手，但過去看看總還沒關係吧。」

他真的背負著雙手走了過去。

手不動，只用眼睛看看，的確好像不會有什麼關係。

但紙條上的字實在太小，他不能不走得近些。

他終於已可隱約看出紙條上的字了：「小心你的腳……」

他看清這五個字的時候，腳下一軟，人已往下面掉了下去。

地上有個陷阱。

燕七失聲道：「小心……」

喝聲中，他也已衝過去，拉住了郭大路的手。

郭大路手上一使勁，人已乘勢躍起。

他輕功不弱，跳得很高。

只可惜跳得愈高，就愈糟糕。

只聽樹葉「嘩啦啦」一響，樹上忽然有一面大網罩了下來。

郭大路就算長有翅膀，就算真是隻鳥，也難免要被罩住。

何況他身子已躍在半空，就好像是自己往這網子裡跳一樣，無論往哪邊逃都來不及了。

非但他躲不開，燕七也躲不開。

眼見兩個人都要被罩在網裡，忽然間，一條黑影飛了過來，就好像是個炮彈似的，簡直快得無法思議。

黑影從他們頭上掠過，一伸手，就已將這面網撈住了。

這黑影並不是炮彈，是個人。

是林太平。

林太平伸手撈住了這面網，身子還是炮彈般往前飛，又飛出了兩三丈，去勢才緩了下來。

這時郭大路和燕七也已退了出去，只見林太平一隻手抓著根橫枝，一隻手抓住那面大網，懸空吊在那裡，還在不停的晃來晃去。

郭大路的心也還在跳，忍不住長長嘆了口氣，苦笑道：「這次若不是你，我只怕就真的已自投羅網了。」

林太平笑了笑，道：「也用不著謝我。」

郭大路道：「不謝你謝誰？」

林太平道：「謝你背後的人。」

郭大路轉過頭，才發現王動鐵青著臉站在他身後。

林太平笑道：「我早就說過我已經不能跳牆了。」

郭大路道：「那麼你剛才……」

林太平道：「剛才是王老大用力把我擲過來的，否則我哪有這麼快？」

世上的確沒有那麼快的人，若不是借了王動一擲之力，誰都不可能有這麼快。

郭大路偷偷瞟了王動一眼，陪笑道：「看來王老大的力氣倒真不小。」

林太平道：「但王老大卻很佩服你。」

郭大路道：「佩服我？」

林太平道：「他的力氣雖大，你的膽子更大。」

郭大路瞪了他一眼，道：「你難道一定要像猴子一樣，吊在樹上說話？」

林太平笑道：「我倒也早就想下去了，只可惜我的腿不聽話。」

王動一直沒有開口，燕七也沒有。

兩個人都在瞪著郭大路。

郭大路只有苦笑道：「看來我今天非但連一件事都沒有做對，連話都沒有說對過一句。」

燕七這才嘆了口氣道：「你這句話總算說對了。」

五

屋子裡燃起了燈。

桌上除了燈之外，還有一張紙條、一把刀，和一罈酒。

因爲郭大路到最後還是忍不住要將這把刀從樹上拔下來，當然更忘不了將那罈酒也帶回來。

這人長得雖不像牛，卻實在有點牛脾氣。

他居然還很得意，笑著道：「我早就說過拔刀沒關係的，早就知道他們這次要換個新鮮的法子，這法子是不是新鮮的很？」

燕七冷冷道：「新鮮極了，比網裡的魚還新鮮。」

他拿起了桌上的刀，接著又道：「我現在才知道這把刀是準備割什麼肉的了。」

郭大路眨眨眼，道：「是不是割魚肉？」

燕七道：「你總算又說對了一句。」

郭大路道：「那麼我不如索性就做條醉魚吧。」

他捧起酒罈子，嘴裡還喃喃道：「醉蝦既然是江南的美味，醉魚的滋味想必也不錯。」

但他的酒還沒有喝到嘴，王動突然又將酒罈子搶了過去。

郭大路怔了怔，道：「你幾時也變成了個和我一樣的酒鬼了？」

王動道：「這酒喝不得。」

郭大路道：「剛才還喝得，現在爲什麼喝不得？」

王動道：「因爲剛才是剛才，現在是現在。」

燕七眼珠子轉了轉，道：「你剛才將這罈酒放在哪裡的？」

郭大路道：「門口。」

燕七道：「剛才我們都在樹林裡，門口是不是沒有人？」

郭大路道：「是的。」

燕七道：「所以這酒現在已喝不得。」

郭大路道：「難道就在剛才那一會兒工夫裡，已有人在這酒裡下了毒？」

燕七道：「剛才那一會兒工夫，已足夠在八十罈酒裡下毒了。」

郭大路失笑道：「你們也未免將那些人說得太可怕了，難道他們真的是無孔不入，連一點害人的機會都不會錯過麼？」

王動也不說話，忽然走到門外，將手裡的酒罈重重往地上一砸。

罈子粉碎，酒流得滿地都是。

郭大路嘆了口氣，喃喃道：「真可惜，好……」

他聲音忽然停頓，人也突然怔住。

一條很小很小的蛇，正從碎裂的酒罈子裡慢慢的爬了出來。

這條蛇小得出奇，但愈小的蛇愈毒。

郭大路臉色也變了，忍不住又長長嘆了口氣，喃喃道：「看來這些人倒真是無孔不入。」

燕七突然失聲道：「無孔不入赤練蛇。」

他吃驚的看著王動，又道：「是不是無孔不入赤練蛇？」

王動鐵青著臉，慢慢的轉回身，走回屋子裡，在燈畔坐下。

這次他居然沒有躺到床上去。

燕七又追了過來，追問道：「是不是他？……究竟是不是他？」

王動又沉默了很久，終於慢慢的點了點頭。

燕七長長吐出口氣，一步步往後退，忽然間躺了下去。

這次是他躺到床上去了。

郭大路也追了過來，追問道：「無孔不入赤練蛇是什麼玩意？」

燕七道：「是個人。」

郭大路道：「是個什麼樣的人？你認得他？」

他不但人已像是軟了，連說話都變得有氣無力的樣子。

燕七苦笑道：「我若認得他，還能活到現在才是怪事。」

他忽又跳起，衝到王動面前，道：「可是你一定認得他。」

王動又沉默了很久，忽然笑了笑，道：「我現在還活著。」

燕七嘆道：「認得他的人居然還能活著，可真不容易。」

王動臉上的笑容漸漸消失，終於長嘆了一聲：「的確不容易。」

郭大路幾乎要叫了起來，道：「你們說的究竟是人？還是蛇？」

燕七道：「人。」

郭大路道：「這人的名字叫赤練蛇？」

燕七道：「而且無孔不入，那意思就是說，你只要有一點點疏忽，他就能毒死你。」

郭大路道：「一點點疏忽？任何人都難免有一點點疏忽的。」

燕七嘆了口氣，道：「所以他若要毒死你，你只有一條路可走。」

郭大路道：「哪條路？」

燕七道：「被他毒死。」

郭大路也不禁倒抽了口涼氣，道：「剛才那些害人的花樣，就全都是他玩出來的？」

燕七道：「這人下毒的功夫雖然已可算是天下第一，但別的本事卻不大怎麼樣。」

郭大路鬆了口氣，道：「那我就放心多了。」

燕七道：「只可惜除了他之外，還有別人。」

郭大路道：「還有誰？」

燕七道：「千手千眼蜈蚣神。」

郭大路道：「千手千眼？」

燕七道：「那意思就是說，這人收發暗器時，就好像有一千隻手，一千隻眼睛一樣，據說他全身上下都是暗器，連鼻子都能發出暗器來。」

郭大路瞟了王動一眼，忽然笑道：「好極了，我只要一見到這人的面，就先行打扁他的鼻子再說。」

燕七眨眨眼，道：「但你若見到救苦救難紅娘子，只怕就捨不得打了。」

郭大路道：「救苦救難紅娘子？這名字聽起來倒像是個大好人。」

燕七道：「她的確是個好人，知道世人大多在苦難中，所以一心想要叫他們早點超生。」

郭大路嘆息道：「這麼樣聽來，她又不像是個好人了。」

燕七道：「你就算從八百萬個人裡面，也挑不出這麼樣一個好人來。」

郭大路道：「她又有什麼特別本事？」

燕七板著臉，冷冷道：「她的本事，你最好不要知道。」

郭大路眨眨眼道：「她是不是個很漂亮的女人？」

燕七道：「就算是，現在也已是個老太婆了，很漂亮的老太婆。」

郭大路道：「她已有七八十歲？」

燕七道：「那倒沒有。」

郭大路道：「五六十？」

燕七道：「好像還不到。」

郭大路道：「四十上下？」

燕七道：「只怕差不多。」

郭大路笑道：「那正是狼虎之年，怎麼能算老太婆呢？」

燕七瞪了他一眼，道：「她年紀大小，和你又有什麼關係？你開心什麼？」

郭大路道：「我幾時開心了？」

燕七道：「不開心爲什麼笑得就像是條土狗？」

郭大路道：「因爲我本來就是條土狗。」

燕七又瞪了他一眼，自己也忍不住笑了。

郭大路立刻又乘機問道：「聽你這麼說，她的本事一定是專門用來對付男人的。」

燕七又板起了臉，道：「我也不知道她究竟有什麼本事，只知道男人死在她手上的，可真不少。」

林太平一直靠在旁邊的椅子上養神，忽然道：「那些稻草人是不是她做的？」

燕七道：「不是。」

林太平道：「不是她是誰？」

燕七道：「一見送終催命符。」

林太平皺了皺眉，道：「催命符？」

燕七道：「這人不但有一肚子鬼主意，而且還有雙巧手，易容改扮、消息機關、精巧暗器、奇門兵刃，可說是樣樣精通。」

郭大路目光閃動，喃喃道：「我明白了。」

燕七道：「你明白了什麼？」

郭大路道：「一條蛇、一隻蜈蚣、一隻蠍子，一道催命符，現在只差一隻老鷹了。」

林太平忽又道：「剛才我跟王老大進入樹林的時候，好像看到一條人影，從那漁網落下的樹梢上飛了起來。」

燕七道：「漁網本就不會自己從樹上落下來的，樹上當然有人。」

郭大路道：「那人到哪裡去了？」

林太平苦笑道：「那時我已被王老大用力擲了出去，怎麼還能顧得了別人？何況，那人的輕功又很高，簡直就像是隻老鷹一樣。」

燕七道：「一飛沖天鷹中王！」

郭大路一拍巴掌，道：「五個風箏，五個人，現在總算全了。」

燕七道：「這五個人中，不但輕功要算鷹中王最高，據說武功也是他最高。」

郭大路道：「以我看，這五人中最難對付的，還是那救苦救難的紅娘子。」

林太平道：「爲什麼？」

郭大路道：「因爲我們都是男人。」

燕七冷冷道：「男人若不好色，她便有天大的本事也使不出來的。」

郭大路長嘆道：「但天下的男人，又有幾個真不好色呢？」

王動一直沉著臉，坐在那裡，連動都沒有動。能不動的時候，他絕不會動的。

燕七搬了張凳子，在他對面坐了下來，道：「你看到了那些風箏，也就知道他們是來找你麻煩的了？」

六

郭大路也搬了張凳子過來，道：「所以你要趕我們走，因爲你知道這五個人無論到了哪裡，都會將那地方搞得一塌糊塗。」

燕七道：「你不願將我們也扯入了那淌子一塌糊塗的渾水裡去，所以才要趕我們走。」

郭大路道：「但你卻不知道我們早已在那淌子渾水裡了。」

燕七道：「從認得你的那一天開始，我們已經在裡面了。」

郭大路道：「因爲我們是朋友。」

燕七道：「所以你無論在什麼地方，我們也一定在那裡。」

郭大路道：「所以你現在才想趕我們走，已經太遲了。」

王動看著他們，一直沒有說話。

他知道自己現在已經用不著再說什麼。

他生怕自己一開口就會有熱淚奪眶而出。

朋友！

這兩個字是多麼簡單，卻又多麼高貴。

王動捏緊雙手，一字字道：「你們的確都是我的朋友。」

這句話就已足夠。

你只要真正懂得這句話的意義，就已什麼都不必再說。

燕七笑了，林太平也笑了。

郭大路緊緊握起王動的手，他們只要能聽到這句話，也已足夠。

他們既沒有問起這五人怎會和王動結的仇，也沒問這麻煩是從哪裡來。

王動不說，他們就不問。

現在他們唯一的問題就是：「怎麼樣將這麻煩打發走？」

燕七道：「我一看到那五隻風箏，就知道有麻煩來了。」

王動道：「那風箏本是種警告。」

燕七道：「他們既然要找你的麻煩，為什麼還要警告你，讓你防備？」

王動道：「因為他們不想要我死得太快。」

他臉色發青，慢慢的接道：「因為他們知道一個人在等死時的那種恐懼，比死還痛苦得多。」

燕七嘆了口氣，道：「看來這麻煩當真不小。」

王動道：「的確不小。」

郭大路忽然笑了笑，道：「只可惜他們還是算錯了一點。」

燕七道：「哦？」

郭大路道：「他們雖然有五個人，我們也有四個，我們爲什麼要恐懼？爲什麼要痛苦？」

燕七道：「但他們至少總比我們佔了一點優勢。」

郭大路道：「哦。」

燕七道：「明槍易躲，暗箭難防，這句話你難道不懂？」

郭大路道：「我懂，可是我不怕。」

燕七瞪著他，道：「你怕什麼？」

郭大路道：「怕你。」

燕七忍不住嫣然一笑，卻又立刻板起了臉，扭轉了頭。其實他當然也懂得郭大路的意思，因爲他自己也一樣。像他們這種人，就只怕別人對他們好，只怕被別人感動。

你若能真的感動他們，就算要他們將腦袋切下來給你，他們也不會皺一皺眉頭的。

郭大路道：「兵來將擋，水來土掩，這種人也沒有什麼了不起，除了鬼鬼祟祟的在暗中害人外，我看他們的功夫也有限的很。」

他接著又道：「現在的問題只不過是，他們是什麼時候來呢？」

王動道：「不知道。」

郭大路道：「你也不知道？」

王動道：「我只知道他們若還沒有送我的終，就絕不會走。」

郭大路又笑了笑，道：「現在是誰送誰的終，還難說得很。」

這就是郭大路可愛的地方。

他永遠都那麼自信，那麼樂觀。

這種人就算明知天要塌下來，也不會發愁的，因爲他認爲一個人只要有信心，無論什麼困難都可解決。

他不但自己有信心，同時也將這信心給了別人。

王動的臉色也漸漸開朗了起來，忽然道：「他們雖然佔了一點優點，但我也有法子對付他們。」

郭大路搶著問道：「什麼法子？」

王動道：「睡覺。」

郭大路怔了怔，失笑道：「這種法子大概也只有你想得出來。」

王動反問道：「這法子有什麼不好？這就叫以逸待勞。」

郭大路拍手道：「對，要睡現在就睡，養足了精神好對付他們。」

燕七道：「要睡也得分班睡。」

郭大路道：「不錯，我跟你防守上半夜，到三更時再叫王老大和林太平起來。」

林太平忽然道：「這樣子不行，還是我跟你一班的好。」

子，都不知道。」

郭大路道：「爲什麼？」

林太平瞟了燕七一眼，道：「你們兩個人的話太多，聊得高興起來，只怕連別人進了屋

燕七忽然走了出去，因爲他的臉好像忽然又有點發紅了。

郭大路道：「還是我跟燕七一班的好，兩個人談談說說，才不會睡覺。」

他嘴裡說著話，已跟了出去。

無論別人說什麼，他還是非跟燕七一班不可。

這兩人身上就好像有根線連著的。

林太平看著他們走出去，忽然笑了，喃喃道：「我有時真奇怪，小郭爲什麼會這麼笨。」

王動也在笑，微笑著道：「你放心，他絕不會再笨很久的。」

林太平道：「其實我倒希望他再多笨些時候。」

王動道：「爲什麼？」

林太平笑道：「因爲我覺得他們這樣子實在很有意思。」

七

客廳裡很暗。

燕七走進客廳，坐了下來。

郭大路也走進客廳，坐了下來。

星光照進窗子，照著燕七的臉，照著燕七的眼睛。

他的眼睛好亮。

郭大路在旁邊看著，忽然笑道：「你知不知道你的眼睛有時看來也很像女人。」

燕七板著臉，道：「我還有什麼地方像女人？」

郭大路道：「笑起來的時候也有點像。」

燕七冷冷道：「我既然很像女人，你爲什麼還要老跟著我呢？」

郭大路笑道：「你若真是個女人，我就更要跟著你了。」

燕七忽然扭過頭，站了起來，找著火石，點起了桌上的燈。

他好像有點不敢和郭大路單獨坐在黑暗裡。

燈光亮起，將他的影子照在窗戶上。

郭大路忽然一把將他拉了過來，好像要抱住他的樣子。

燕七失聲道：「你……你幹什麼？」

郭大路道：「你若站在那裡，豈非剛好做那千手千眼大蜈蚣的活靶子？」

他眼珠子一轉，眼睛忽然亮了起來，喃喃道：「這倒也是個好主意。」

燕七瞪了他一眼，道：「你還會有什麼好主意？」

郭大路道：「那大蜈蚣既然喜歡用暗器傷人，我們不如就索性替他找幾個活靶子來。」

燕七皺眉道：「你想找誰做他的活靶子？」

郭大路道：「稻草人。」

他接著又道：「我們去把那些稻草人搬進來，坐在這裡，從窗戶外面看來，又有誰能看得出它們是不是活人？」

燕七皺著的眉頭展開了。

郭大路道：「那大蜈蚣只要看到窗戶上的人影，就一定會手癢的。」

燕七道：「然後呢？」

郭大路道：「我們在外面等著，只要他的手一癢，我們就有法子對付他了。」

燕七沉吟著，淡淡道：「你以爲這主意很好？」

郭大路道：「就算不好，也得試試，我們總不能一直在這裡等著死，總得想法子把他們引出來。」

燕七道：「莫忘了那些稻草人也一樣會傷人的。」

郭大路道：「無論如何，稻草人總是死的，總比活人好對付些。」

燕七嘆了口氣，道：「好吧，這次我就聽你的，看看你這笨主意行不行得通。」

郭大路笑道：「笨主意至少總比沒有主意好些。」

稻草人的影子映在窗戶上，從外面看來，的確和真人差不多。

因為這些稻草人不但穿著衣服，還戴著帽子。

夜已很深，風吹在身上就好像刀割。

郭大路和燕七雖然躲在屋子下避風的地方，還是冷得要發抖。

燕七忽然道：「現在要是有點酒喝喝，就不會這麼冷了。」

郭大路笑道：「想不到你也有想喝酒的時候。」

燕七嘆道：「這就叫：近墨者黑，一個人若是天天跟酒鬼在一起，遲早總要變成個酒鬼的。」

郭大路笑道：「所以你遲早也總會有不討厭女人的時候。」

燕七忽又板起臉，不再說話。

過了半晌，郭大路又道：「我總想不通，像王老大這種人，怎麼會和那些大蜈蚣、赤練蛇結下仇來的？而且仇恨竟如此之深。」

燕七冷冷道：「想不通最好就不要想。」

郭大路道：「你難道不覺得奇怪？」

燕七道：「不覺得。」

郭大路道：「為什麼？」

燕七道：「因為我從來不想探聽別人的秘密，尤其是朋友的秘密。」

郭大路只好不作聲了。

過了很久，突然聽到「咕」的一聲。

燕七動容道：「是什麼東西在響？」

郭大路嘆了口氣，苦笑道：「是我的肚子。」

他實在餓得要命。

又過了很久，突然又聽到「格」的一聲。

郭大路道：「這次又是什麼在響？」

燕七咬著嘴唇，道：「是我的牙齒。」

他已冷得連牙齒都在打戰。

郭大路道：「你既然怕冷，爲什麼不靠過來一點？」

燕七道：「噓——」

郭大路道：「這是什麼意思？」

燕七道：「就是叫你莫要出聲的意思，你的嘴若老是不停，那大蜈蚣怎會現身。」

郭大路果然不敢出聲了。

他什麼都不怕，也不怕那些人來，只怕他們不來。

這樣子等下去，實在叫人受不了。

最令人受不了的是，誰也不知那些人什麼時候會出現，也許要等上好幾天，也許就在這一剎那間——

郭大路正想將手裡提著的漁網蓋到燕七身上去。

這漁網又輕又軟，但卻非常結實，也不知道是什麼做的，林太平將它帶了回來，郭大路就準備用它來對付那大蜈蚣。準備以牙還牙，以眼還眼。

漁網雖輕，但燕七心裡卻充滿溫暖之意。

突然間，一條人影箭一般自牆外竄了進來，凌空一個翻身，滿天寒光閃動，已有三四十件暗器暴雨般射入了窗戶。

這人來得好快。

暗器更快。

郭大路和燕七竟都未看出他這些暗器是怎麼射出來的。

暗器射出，這人腳尖點地，立刻又騰身而起，準備竄上屋脊。

他的人剛掠起，突然發現一面大網已當頭罩了上來，他的人正往上竄，看來就好像是他自己在自投羅網一樣。

他大驚之下，還想掙脫，但這漁網已像蛛絲般纏在他身上。

郭大路高興得忍不住大叫起來，叫道：「看你還能往哪裡逃？」

燕七已竄過去，一腳往這人腰畔的「血海」穴上踢了過去。

誰知就在這時，網中又有十幾點寒光暴雨射了出來。

這次輪到郭大路和燕七大吃一驚了。

也就在這同一剎那間，牆外忽然有一隻鈎子飛進來，鈎住了漁網。

鈎子上當然還帶著條繩子。

繩子當然有隻手拉著。

手一掄，漁網就被拉了起來。

漁網被拉起的時候，郭大路已向燕七撲了過去。

他和燕七雖然同時吃了一驚，但暗器卻並不是同時射向他們兩個人的。

所有的暗器全都向燕七射了過去。

所以郭大路比燕七更驚、更急。

他心裡雖然沒有想到該怎麼辦，人卻已向燕七撲了過去，撲在燕七身上。

兩個人一起滾到地上。

郭大路覺得身上一陣刺痛，突然間，全身都已完全麻木。

連知覺都已麻木。

他既未看到漁網被拉起，也未看到網中的人翻身躍起。

暈迷中，他只聽見了兩聲呼叫，一聲驚呼，一聲慘呼。

但他已分不清驚呼是誰發出來的，慘呼又是誰發出來的了。

他只知道自己絕沒有叫出來。

因爲他的牙咬得很緊。

有的人平時也許會大喊大叫，但在真正痛苦時，卻連哼都不會哼一聲。

郭大路就是這種人。

有的人看到朋友的危險時，就會忘了自己的危險。

郭大路也正是這種人。

只要他一衝動起來，他就根本不顧自己的死活。

八

驚呼聲彷彿已漸漸遙遠，漸漸聽不見了。

這是什麼聲音呢？

是不是有人在啜泣？

郭大路張開眼睛，就看到燕七臉上的淚珠。

燕七看到他張開眼睛，卻又忍不住失聲而呼，大喜道：「他醒過來了。」

旁邊立刻有人接著道：「好人不長命，禍害遺千年，我早就知道他一定死不了的。」

這是王動的聲音。

他聲音本總是冷冷淡淡，但現在卻好像有點發抖。

然後郭大路才看到他的臉。

他那張冷冷淡淡的臉，現在居然也充滿了興奮和激動。

郭大路笑道：「你們難道以爲我已經死了麼？」

他的確是在笑，但笑的樣子卻像是在哭。

因爲他一笑全身就發疼。

燕七悄悄擦乾了眼淚，道：「你好好的躺著，不准走，也不准說話。」

郭大路道：「是。」

燕七道：「連一個字都不准說。」

郭大路點點頭。

燕七道：「也不准點頭，連動都不准動。」

郭大路果然一動都不動了，眼睛還是張得很大，凝視著燕七。

燕七輕輕的嘆了口氣：「你身下中了一根喪門釘、一根袖箭，還加上兩根毒針，這條命簡直是撿回來的，所以你就該特別愛惜才是。」

說著說著，他眼圈又紅了。

王動也嘆了口氣，道：「你不准他說話，他也許更難受。」

郭大路道：「答對了。」

燕七瞪了他一眼，道：「看來我真該將這人的嘴縫起來才對。」

郭大路道：「我不說話的時候才會覺得痛。」

燕七道：「沒有這回事。」

郭大路道：「有。」

他想笑，又忍住，慢慢的接著道：「因爲我只要一說話，就什麼痛苦都忘了。」

燕七看著他，那眼色也不知是憐惜？是埋怨？還是另外有種說也說不出，猜也猜不透的情感？

他的臉卻是蒼白的，就好像窗紙的顏色一樣。

窗紙已白，天已亮了。

這一夜雖然過得很艱苦，但總算已過去。

郭大路忍不住又問道：「那大蜈蚣呢？」

燕七道：「現在已變成了死蜈蚣。」

郭大路聽到的那聲慘呼，正是他發出來的。

但百足之蟲，死而不僵，所以郭大路又追問道：「是不是真的死了？完全死了？」

燕七沒有回答，回答的人是林太平。

林太平道：「我保證他死得又乾淨、又徹底。」

郭大路道：「是你殺了他的？」

林太平搖搖頭，道：「是燕七。」

他忽然笑了笑，道：「你是不是沒有想到他在那種情況下還能替你報仇？」

了頭。

郭大路的確想不到，那時他自己明明是壓在燕七身上的。他想問燕七，但燕七卻已又扭轉

林太平道：「我也沒有想到，但我卻看見那大蜈蚣剛跳起來，就有一把刀刺入他的咽喉，也看到了地上的血。」

郭大路道：「地上只有血？他的人呢？」

林太平道：「走了，帶著刀走的。」

郭大路道：「死人還能走？」

林太平道：「因爲這死人還剩下一口氣，最多也只不過剩下一口氣而已。」

郭大路憋在心裡的一口氣也吐出來了，展顏道：「看來我們倒還沒有吃虧。」

林太平道：「不錯，現在我們正好是四個對他們四個。」

郭大路苦笑道：「只可惜我最多已只能算半個。」

王動忽然道：「他們也只不過剩下三個而已。」

林太平道：「紅娘子、赤練蛇、催命符。」

郭大路道：「莫忘了還有個一飛沖天鷹中王。」

王動道：「我忘不了的。」他神色忽然變得很奇怪，目光似乎在看著很遙遠的地方。

郭大路道：「紅娘子、赤練蛇、催命符，再加上鷹中王，豈非正是四個？」

王動道：「三個。」

郭大路道：「三個加一個，爲什麼還是三個？」

王動眼睛裡空空洞洞的，也不知在看著什麼，臉上恍恍惚惚的，也不知在想著什麼。

過了很久，他才一字字的緩緩道：「因爲我就是一飛沖天鷹中王。」

沒有人問王動的過去，因爲他們都很能尊重別人的秘密。

王動不說，他們絕不問。王動的秘密是王動自己說出來的。

九

王動並不是天生就不喜歡動的。

他小時候非但喜歡動，而且還喜歡的要命，動得厲害。

六歲的時候，他就會爬樹。

他爬過各式各樣的樹，所以也從名式各樣的樹上摔下來過。

用各式各樣不同的姿勢摔下來過。

最慘的一次，是腦袋先著地，那次他一個腦袋幾乎摔成了兩個。

等到他開始可以像猴子似的用腳尖吊在樹上的時候，他才不再爬樹。

因爲爬樹已變成好像睡在被窩裡一樣安全，已連一點刺激都沒有。

從那時候開始，他父母每天都要出動全家的傭人去找他。

那時他們家道雖已中落，但傭人還是有好幾個。每次他們把他找回來的時候，都已精疲力竭，好像用手指頭一點就會倒下。

但他卻還鮮蹦活跳的，比剛出水的蝦子還生猛得多。

到後來誰也不願意去找他了。

寧可砍八百斤柴也不願去找他。

寧可捲舖蓋也不願去找他。

所以他的父母也只有放棄這念頭，隨便他高興在外面玩多久，就玩多久。

幸好他每隔三兩天總還回來一次。

回來洗澡、吃飯、換衣服。

回來要零用錢。

因爲那時他還只有十三四歲，還覺得向父母要錢是件天經地義的事。

等他再長大一點，覺得自己已應該獨立的時候，他父母就難再見到他的人了，老先生和老太太也不知在暗中發過多少誓：

「下次等他一回來，就用條鐵鍊子把他鎖住，用棍子打斷他的兩條腿，看他還能不能到外面去野去。」

但等他下次回來的時候，看到他又髒又餓、面黃肌瘦的樣子，老先生的心又軟了，最多也只不過把他叫到書房裡去訓一頓。

老太太更早已趕著下廚房去燉雞湯，老先生的訓話還沒有結束，雞腿已經塞在兒子嘴裡了。

世上也許只有獨生子的父母們，才能瞭解他們這種心情。做兒女的人是永遠不會懂的。

王動也不例外。

他只懂得，男子漢長大了之後，就應該到外面去闖天下。所以他就開始到外面去闖天下。

那時他才十七歲。

就和天下大多數十七八歲的少年一樣，王動剛離開家的時候，心裡只有充滿了興奮，充滿了大志。

但等到挨過兩天餓之後，就漸漸會開始想家了。

然後他就會覺得心裡很空虛，很寂寞。

他就會拚命想去結交新的朋友——當然最好是個紅粉知己。

有哪個十七八的小伙子，心裡不在渴望著愛情，幻想著愛情呢？

等他寂寞得要命的時候，那救苦救難的紅娘子就出來了。

她瞭解他的雄心，也瞭解他的苦悶。

她安慰他，鼓勵他——鼓勵他去做各種事。

「男子漢若在世上，什麼事都應該去嘗試嘗試。」

在他說來，她說的話就是聖旨。

「一個人活著，就要有錢，有名，因爲人活著本就是爲了享受。」

那時他還不知道，人生中除了享受之外，還有許多更有意義的事。

所以爲了成名，他不惜做各種事。

他成名了。

他二十還不到，就已變成了赫赫有名的「一飛沖天鷹中王」。

成名的確是件很愉快的事。

他糊裡糊塗的做了很多事，糊裡糊塗的成了名。

他身上穿的是最華貴的衣裳，喝的是三兩銀子一斤的酒。

他已懂得挑剔裁縫的手工。

魚翅若是燉得還差一分火候，他立刻就會摔到廚子臉上去。

他不但已懂得享受，而且享受得真不錯。

他本已應該很滿意。

但也不知爲了什麼，他忽然又有了痛苦，有了煩惱，而且比以前還煩惱得多。

他本來一沾上枕頭就睡得很甜，但現在卻時常睡不著了。

睡不著的時候，他就會問自己：「我做的這些事是不是應該做的？」

「我交的這些朋友，是不是真的好朋友？」

「一個人除了自己享受之外，是不是還應該想想別的事？」

他忽又開始想家，想他的父母。

世上手藝最好的廚子，也燉不出母親親手燉的那種雞湯。

那種恭維奉承的話，也漸漸變得沒有父親的訓話好聽了。

就連紅娘子的甜言蜜語，聽起來也沒有以前那麼令他動心。

這些還都不算很重要。

最重要的是，他忽然想做一個正正當當的人。

一個晚上能夠安安心心睡覺的人。

所以他開始計劃，脫離這種生活，脫離這種朋友。

他當然也知道他們絕不會放他走的。

第一，因爲他們還需要他。

第二，因爲他知道的秘密太多。

唯一幸運的是，在他們面前，他始終沒有提起過他的家，他的父母。

這也不知道是他怕父母丟了他的人，還是怕他自己丟了父母的人。

他的父母並不是什麼了不起的大人物。

他的朋友們，也沒有問過他的家庭背景，只問過他：「你武功是怎麼練出來的？」

他的武功，是他小時候在外面野的時候學來的——一個很神秘的老人，每天都在暗林中等著他，逼著他苦練。

他始終不知道這老人是誰，也不知道他傳授的武功究竟有多高。

直到他第一次打架的時候才知道。

這是他的奇遇。又奇怪，又神秘。

所以他從未在別人面前提起，因爲說出了也沒有人相信。

有時連他自己都不太相信。

廿四　心如蛇蠍的紅娘子

一

每個人都有過去，每個人都難免會在自己的好朋友們面前，談到自己的過去。

有時那就好像是在講故事似的。這種故事大多都不會很吸引人——聽別人吹牛，總不如自己吹有勁，但無論什麼事都有例外的。

王動在說的時候，每個人都瞪大了眼睛聽著，連打岔的都沒有。

第一個開口打岔的，自然還是郭大路。事實上，他已憋了很久，聽到這裡才實在憋不住了，先長長吐出口氣，才問道：「那位老人家每天都在等你？」

王動道：「就在墳場後面那樹林裡等我。」

郭大路道：「你每天都去？」

王動道：「無論颳風下雨，我沒有一天不去的。」

郭大路道：「一共去了多少次？」

王動道：「去了三年四個月。」

郭大路又吐出口長氣道：「那豈非有一千多次？」

王動點點頭。

郭大路道：「聽你說，你只要學得慢點，就要挨揍，揍得還不輕。」

王動道：「開始那一年，我幾乎很少有不挨揍的時候。」

郭大路道：「既然天天挨揍，爲什麼還要去？」

王動道：「因爲那時我覺得這種事不但很神秘，而且又新鮮、又刺激。」

郭大路想了想，笑道：「若換了我也會去的。」

林太平也忍不住問道：「你從來沒有問過那位老人家的名字？」

王動道：「我問了幾百次。」

林太平道：「你知不知道他是從什麼地方來的？」

王動搖搖頭道：「每次我到那裡的時候，他都已先到了。」

林太平道：「你爲什麼不早點去？」

王動道：「無論我去得多早，他都已先在那裡。」

郭大路揚眉道：「你爲什麼不跟蹤他，看他回到哪裡去？」

王動苦笑道：「我當然試過。」

郭大路道：「結果呢？」

王動道：「結果每次都是挨一頓臭揍，乖乖的一個人回家。」

郭大路皺起眉頭，喃喃地道：「他每天都在那裡等著你，逼著你去練武，卻又不肯讓你知道他是誰？」

王動道：「還有更奇怪的，他也從來沒有問過我是誰。」

郭大路嘆了口氣，道：「這樣的怪事，倒真是天下少有，看來也只有你這樣的怪人，才會遇見這種怪事。」

燕七忽也問道：「那時你準備脫離他們的時候，連紅娘子都不知道？」

王動道：「我從沒有在任何人面前提起過。」

燕七道：「可是那紅娘子……她對你豈非蠻不錯的嗎？」

王動的臉色更難看，過了很久，才冷冷道：「她對很多人都不錯。」

燕七也發現自己問錯話了，立刻改變話題，道：「後來你怎麼走的？」

王動淡淡道：「有一次他們準備去偷少林寺的藏經，叫我先去打探動靜，我就乘機溜了。」

燕七也吐出口氣，道：「這些人居然敢去打少林寺的主意，膽子倒真不小。」

郭大路道：「你溜了之後，他們一直沒有找到你？」

王動道：「沒有。」

他忽然站起來，走到窗口。夜很黑，很冷。

他木立在窗口，癡癡的出了半天神，才慢慢的接著道：「我回來之後，就很少出去。」

郭大路道：「你是不是忽然變得不想動了。」

王動道：「我的確變了，變得很快，變得很多……」

他的聲音嘶啞而悲傷，接著道：「因爲我回來之後，才知道我出去後第二年，我母親就……」

他沒有說下去，他緊握雙拳，全身發抖，已說不下去。這次連郭大路都沒有問，既不忍問，也不必問。大家都已知道王動的遭遇，也都很瞭解他的心情。

等到他回來，想報答父母的恩情，想盡一盡人子的孝思時，已經來不及了。

爲什麼人們總要等到來不及的時候，才能瞭解父母對他的感情呢？

林太平垂下頭，目中似已有淚滿眶。

郭大路心裡也覺得酸酸的，眼睛也有點發紅。

現在他才知道，爲什麼王動會變得這麼窮，這麼懶，這麼怪。

因爲他心裡充滿了悲痛和悔恨，他在懲罰自己。

假如你一定要說他是在逃避，那麼，他逃避的絕不是紅娘子，也不是赤練蛇，更不是其他任何人。

他逃避的是他自己。想到第一次看見他一個人躺在床上，躺在黑暗中，任憑老鼠在自己身上爬來爬去的情景，郭大路又不禁長長的嘆了口氣。

一個人若非已完全喪失鬥志，就算能忍受飢餓，也絕不能忍受老鼠的。那天晚上，若不是郭大路糊裡糊塗的闖進來，糊裡糊塗的跟他做了朋友，他是不是還會活到今天呢？

這問題郭大路連想都不敢想。

王動終於回過頭，緩緩道：「我回來已經快三年了，這三年來，他們一定不停的在找我。」

郭大路勉強笑了笑，道：「他們當然很難找得到你，又有誰能想得到，一飛沖天鷹中王會耽在這種地方，過這種日子？」

王動道：「但我卻早就知道，他們遲早總有一天會找到我的。」

燕七眨眨眼，道：「已經過了這麼久，他們爲什麼還不肯放手？」

王動道：「因爲我們還有筆賬沒有算清。」

燕七道：「你自己算過沒有？是你欠他們的？還是他們欠你？」

王動又沉默了很久，才緩緩道：「有些賬本就是誰也算不清的。」

燕七道：「爲什麼？」

王動道：「因爲每個人都有他自己的算法，每個人的算法都不同。」

他神情更沉重，慢慢的接著道：「在他們說來，這筆賬只有一種算法。」

燕七道：「哪種？」

王動道：「你應該知道是哪種。」

燕七不說話了，他的確知道，有的賬你只有用血去算，才能算得清。

一點點血還不夠，要很多血，你一個人的血還不夠，要很多人的血。

燕七看著郭大路身上的傷口，過了很久，才嘆息著道：「看來這筆賬已愈來愈難算了，不知道要到什麼時候才能算清。」

王動嘆道：「你放心，那一定用不著等很久的，因爲……」

他忽然閉上嘴。每個人都閉上了嘴，甚至連呼吸都停頓了下來。

因爲每個人都聽到了一陣腳步聲。

腳步聲很輕，正慢慢的穿過積雪的院子。

「來的是什麼人？」

「難道現在就已到了算這筆賬的時候？」

林太平想掙扎著爬起來衝出門去，又忍住，郭大路向窗口指了指，燕七搖搖頭。

只有一個人的腳步聲，這人正慢慢的走上石階，走到這扇門外。

外面突然有人敲門，這人居然敢冠冕堂皇的來敲門，倒是他們想不到的事。

王動終於問道：「誰？」

外面有人輕輕道：「我。」

王動道：「你是誰？」

外面的人突然笑了，笑聲如銀鈴，卻遠比鈴聲更清脆動人：「連我的聲音你都聽不出來了麼，真是個小沒良心的。」

來的這人是個女人，是個聲音很好聽，好像還很年輕的女人。

看到王動的臉色，每個人都已猜出這女人是誰了，王動的臉色如白紙。

燕七拍了拍他的肩，向門口指了指，又向後面指了指。

那意思就是說：「你若不願見她，可以到後面去避一避，我去替你擋一擋。」

王動當然懂得他的意思，卻搖了搖頭。

他對自己的處境，比任何別的人都明白得多，他已退到最後一步。

那意思就是說他已無法再退，而且也不想再退。

「你爲什麼還不來開門？」

誰也沒有見過紅娘子這個人，但只要聽到這種聲音，無論誰都可以想像得到她是個多麼迷人的女人。

「是不是你屋子裡有別的女人，不敢讓我看見？你總該知道，我不像你那麼會吃醋。」

王動忽然大步走過去，又停下，沉聲道：「門沒有拴上。」

輕輕一推，門就開了，一個人站在門外，面迎著從這屋子裡照出去的燈光。

所有的燈光好像都已集中在她一個人身上，所有的目光當然也都集中在她一個人身上。

她身上好像也在發著光，一種紅得耀眼，紅得令人心跳的光。

紅娘子身上，當然穿著紅衣服，但光不是從她衣服上發出來的，事實上，除了衣服外，她身上每個地方好像都在發著光，尤其是她的眼睛，她的笑靨，每個人都覺得她的眼睛在看著自己，都覺得她在對自己笑，假如笑真有傾國傾城的魔力，一定就是她這種笑。

燕七的身子移動了一下，有意無意間擋住了郭大路的目光。

無論如何，能不讓自己的朋友看到這種女人的媚笑，還是不讓他看見的好。

每個人豈非都應該要自己的朋友遠離罪惡？

紅娘子眼波流動，忽然道：「你們男人爲什麼總他媽的是這種樣子……」

這就是她說的第一句話，說到這裡她突然停頓了一下，好像故意要讓「他媽的」這三個字在這些男人的腦袋裡留下個更深刻點的印象，好像她知道這屋子裡的男人，都很喜歡說這三個字，也很喜歡聽。這三個字在她嘴裡說出來，的確有種特別不同的味道。

就在她停頓的這一下子的時候，已有個人忍不住在問了：「我們男人都他媽的是什麼樣子？」

聲音是從燕七背後發出來的，燕七可以擋住郭大路的眼睛，卻擋不住他的耳朵，也塞不住他的嘴。

紅娘子道：「你們爲什麼一見到好看的女人，就好像活見了鬼，連個屁都放不出來了？」

她皺起鼻子，臉上又露出了那種燕七不願讓郭大路看見的笑容，然後才輕輕接著道：「你們之中至少也該有個人先請我進去呀。」

事實上，這句話還沒有說完的時候，她的人已經在屋子裡了。屋子裡每個人都知道她是誰，也都知道她是來幹什麼的，看到她真的走了進來，大家本該覺得很憤怒、很緊張。

但燕七忽然發覺郭大路和林太平看著她的時候，眼睛裡非但完全沒有仇恨和緊張之色，反而帶著笑意，就連燕七自己，都已經開始有點動搖，有點懷疑。

在他想像中，紅娘子本不應該是個這麼樣的人，自從她說出「他媽的」那三個字後，屋子裡的氣氛就好像完全改變了，別人對她的印象也完全改變了，一個毒如蛇蠍的妖姬，說話本不該是這種腔調的。

直到這時，燕七才發現她手裡還提著個很大的菜籃子。

她重重的將籃子往桌上一放，輕輕的甩著手，嘆著氣道：「一個女人就爲了替你們送東西來，提著這麼重的籃子走了半個時辰，累得手都快斷了，你們對她難道連一點感激的意思都沒有？」

王動突然冷冷道：「沒有人要你送東西來，根本就沒有人要你來。」

直到這時，紅娘子才用眼角瞟了他一眼，似嗔非嗔，似笑非笑，咬著嘴唇道：「我問你，這些人是不是你的朋友？」

王動道：「是。」

紅娘子輕輕的嘆了口氣，道：「你可以看著你朋友挨餓，我卻不能。」

王動道：「他們是不是挨餓，都和你一點關係也沒有。」

紅娘子道：「為什麼沒有關係？你的朋友，也就是我的朋友，做大嫂的人，怎麼能眼看著弟兄挨餓？」

燕七忍不住道：「誰是大嫂？」

紅娘子笑了，道：「你們都是王老大的好朋友，怎麼連王大嫂是誰都不知道？」

她掀起籃子上蓋著的布，嫣然的說道：「今天是大嫂請客，你們誰也用不著客氣，不吃也是白不吃。」

燕七道：「吃了呢？」

紅娘子笑道：「吃了也是白吃。」

燕七冷笑道：「白吃的人，命都不會長的。」

紅娘子看著他，臉上的表情就好像被人摑了一耳光似的。

過了很久，她才轉身面對著王動，道：「你們是不是認為我帶來的東西有毒？」

王動道：「是。」

紅娘子道：「你認為我這次來，就為了要把你們毒死的？」

王動道：「是。」

紅娘子道：「不但要毒死別人，還要毒死你？」

王動道：「是。」

紅娘子眼圈似也紅了，突然扭轉頭，從籃子裡拿出條雞腿，嗄聲道：「這麼樣說來，雞腿裡面當然也有毒了？」

王動道：「很可能。」

紅娘子道：「好，好……」

她在雞腿上咬了一口，吞下去，又拿出瓶酒，道：「酒裡是不是也有毒？」

王動道：「也很可能。」

紅娘子道：「好。」

她又喝了口酒——

總之她將籃子裡的每樣東西都嚐了一口，才抬起頭，瞪著王動問道：「現在你認爲怎麼樣？」

王動想也不想，立刻回答道：「還是和剛才完全一樣。」

紅娘子道：「你還認爲有毒？」

王動道：「是。」

紅娘子的眼淚已經快流下來了，可是她勉強忍住，過了很久，才慢慢的點了點頭，黯然道：「我明白你的想法了。」

王動道：「你早就該明白了。」

紅娘子道：「你認爲我早就吃了解藥才來的？」

王動道：「哼。」

紅娘子悽然道：「你始終認爲我是個心腸比蛇蠍還毒的女人，始終認爲我對你好只不過是想利用你……」

說到這裡，她眼淚終於忍不住流了下來。

聽到這裡，郭大路和林太平的心早已軟了，嘴裡雖沒有說什麼，心裡已開始覺得王動這麼樣對她，實在未免過份。

無論如何，他們以前總算有一段感情。

若是換了郭大路，現在說不定早已經把她抱在懷裡了。

但王動臉上卻還是連一點表情都沒有，這人的心腸簡直就好像是鐵打的。

只見紅娘子將拿出來的東西，又一樣樣慢慢放回籃子裡，咬著嘴唇道：「好，你既然認爲有毒，我就帶走。」

王動道：「你最好趕快帶走。」

紅娘子身子已在發抖，顫聲道：「你若是認爲我對你始終沒安著好心，我以後也可以永遠不來見你。」

王動道：「你本就不該來的。」

紅娘子道：「我……我只想問你一句話……」

她突然衝到王動面前，嘶聲道：「我問你，自從你認得我之後，我有沒有做過一件對不起你的事情？」

王動突然說不出話了。

紅娘子捏緊雙拳，還是忍不住全身發抖，嘎聲道：「不錯，我的確不是個好女人，的確害過不少男人，可是我對你……我幾時害過你？你說，你說。」

王動冷冷道：「現在我們已沒有什麼話好說的。」

紅娘子怔了半晌，又慢慢的點了點頭，黯然道：「好，我走，我走……你放心，這次我走了，永遠再也不會來找你。」

她慢慢的轉過身，提起籃子，慢慢的走了出去。

郭大路看著她又孤獨、又瘦弱的背影，看著她慢慢的走向又寒冷、又黑暗的院子……

院子裡的風好大，將樹上的積雪一片片捲了起來，眨眼就吹散了，吹得乾乾淨淨。

這豈非就好像人的情感一樣？

積存了多年的情感，有時豈非也會像這積雪一樣，眨眼間就會被吹散，吹得乾乾淨淨？

郭大路只覺心裡酸酸的，只希望王動的心能軟一軟，能將這可憐兮兮的女子留下來。

但王動的心腸硬得像鐵打的，就這樣眼睜睜的看著她走出去，連一點表示都沒有。

眼看著紅娘子已跨出門檻，郭大路幾乎已忍不住要替王動把她留下來了。

突然間，紅娘子身子一陣抽搐，就好像突然挨了一鞭子。

然後她的人就倒了下去。

一倒在地上，四肢已抽搐在一起，一張白生生的臉已變成黑紫色，眼睛往上翻，嘴裡不停的往外冒出白沫。

白沫中還帶著血絲。

燕七動容道：「她帶來的東西裡果然有毒？」

郭大路搶著道：「但她自己一定不知道，否則她自己怎會中毒？」

王動卻還是石像般站在那裡，連動也不動，就好像根本沒有看到這回事。

連燕七都有點著急了，忍不住道：「王老大，無論怎麼樣，你也該先看看她……」

王動道：「看什麼？」

燕七道：「看她中的是什麼毒？還有沒有救？」

王動冷冷道：「沒什麼好看的。」

郭大路忍不住叫了起來，道：「你這人是怎麼回事？怎麼連一點人性都沒有。」

若不是燕七將他按住，他已經要掙扎著爬起來了。

只見紅娘子不停的痙攣、喘息，還在不停的輕喚著道：「王動……王動……」

王動終於忍不住長長嘆了口氣道：「我在這裡。」

紅娘子掙扎著伸出手，道：「你……你過來……求求你……」

王動咬了咬牙，道：「你若有什麼話要說，我都聽得見。」

紅娘子道：「我不知道……真的不知道這些東西裡有毒，我真的絕不是來害你的，你……你應該相信我。」

王動還沒有說話，郭大路忍不住大聲道：「我相信你，我們都相信你。」

紅娘子悽然一笑，道：「赤練蛇他們雖覺得你對不起他們，雖然是想來殺你的，可是我……我並沒有這意思……」

她蜷伏著，冷汗已濕透重衣，掙扎著，接道：「我雖然不是個好女人，可是我對你，卻始終是真心真意的。只要你明白我的心意，我……我就算死，也心甘情願了……」

說完了這句話，她似已用完了全部力氣，連掙扎都無力掙扎。

郭大路看著她，眼睛也已濕了，咬著牙道：「王老大，你聽見她說的話沒有？」

王動點點頭。

郭大路又咬牙道：「既然聽見了，爲什麼還站在那裡不動？」

王動道：「我應該怎麼動？」

郭大路道：「她是爲了你，才會變成這樣子的，你難道不能想個法子救救她？」

王動道：「你叫我怎麼救她？」

林太平忽然道：「你既然能解小郭中的暗器之毒，就應該也能解她的毒。」

王動搖搖頭，緩緩道：「那不同，完全不同。」

郭大路道：「有什麼不同？」

王動突又不說話了。

他雖然在勉強控制著自己，但目中似也泛起了淚光，那不僅是悲痛的淚，而且還彷彿充滿了憤怒。

他的手指也在發抖。

燕七沉吟著，道：「假如連王老大都不能解她的毒，世上只有一個人能解她的毒了。」

郭大路道：「誰？」

燕七道：「赤練蛇。」

郭大路道：「不錯，我們該問赤練蛇要解毒藥去。」

燕七嘆了口氣，道：「那只怕很難。」

問赤練蛇去要解藥，那簡直就好像去要老虎剝牠自己身上的皮一樣困難。

這道理郭大路自然也明白的。

紅娘子的喘息聲已漸漸微弱，卻還在低呼著王動的名字：「王動……王動……」

呼喚聲也愈來愈微弱，郭大路聽得心都要碎了，忍不住大叫道：「你們既不能救她，又不肯去問赤練蛇要解藥，難道就這樣眼看著她死在你們面前？你們究竟是不是人？」

燕七又嘆了口氣，道：「你認爲應該怎麼辦呢？」

郭大路道：「就算是赤練蛇，也絕不會眼看著她被毒死的，你們……」

林太平一直坐在那裡發怔，此刻突然打斷了他的話，大聲道：「對，赤練蛇也絕不會眼看著她死，所以我們應該送她回去。」

這法子雖不好，但也算沒有法子中唯一的法子。

燕七皺著眉，道：「問題是，誰送她回去呢？」

郭大路道：「哼。」

他雖然什麼都沒有說，但眼角卻在瞟著王動。

當然是王動應該送她回去。

只要這人還有一點點良心，就不該眼看著她死在這裡。

誰知王動還是連一點反應也沒有，就好像根本聽不懂，就好像是個白癡。

王動當然不是白癡。

他是在裝傻。

郭大路又忍不住大叫起來，道：「好，你們都不送她回去，我送她回去。」

他用盡平生力氣，跳了起來。

燕七立刻緊緊抱住了他。

王動回過頭，看著他們，目光中又是悲痛，又是憐惜。

誰也不知道他心裡究竟在想著什麼。

過了很久，他終於跺了跺腳，道：「好，我送她回去。」

他轉過頭，剛想抱起紅娘子。

林太平突然箭一般竄過來，用力將他一撞，撞得他退出七八尺，一跤跌在牆角。

就在這時，林太平已抱起了紅娘子。

王動突然變色，大聲道：「你想幹什麼？」

林太平打斷他的話，道：「只有我才能送她回去，燕七要照顧小郭，你是他們的眼中釘，你去了他們絕不會放過你。」

他嘴裡說著話，人已走了出去。

王動跳起來，衝過去，大聲喝道：「快點放下她，快……」

喝聲中，林太平突然一聲驚呼。

那奄奄一息的紅娘子已毒蛇般自他懷中彈起，凌空一個翻身，掠出了三丈，一眨眼間就沒入黑暗中。

只聽她銀鈴般的笑聲遠遠傳來道：「姓王的王八蛋，你見死不救，你好沒良心，你簡直不是個好東西。」

說到最後一句話，人已去遠，只剩下那比銀鈴還清脆悅耳的笑聲飄蕩在風裡。

好冷的風。

攝魂的銀鈴。

二

林太平倒在雪地裡，前胸已多了一點烏黑的血跡。

沒有人動。

沒有人說話。

連最後一絲甜笑也終於被風吹散。

也不知過了多久，王動終於慢慢的走出去，將林太平抱了回來。

他的臉色比風還冷，比夜色還陰暗。

郭大路的淚已流下。

燕七看著他，也已淚流滿面，柔聲道：「你用不著難受，這也不能怪你。」

他不說這句話還好，一說出來，郭大路怎麼還能忍得住，怎麼還受得了？

他突然像是個孩子般，失聲痛哭了起來。

又不知過了多久，王動才慢慢的抬起頭，道：「他還沒有死。」

燕七又驚又喜，失聲道：「他是不是還有救？」

王動點點頭。

燕七道：「要怎麼樣才能救得了他？」

這句話說出來，他臉色又變了。

因爲他已想到，世上也只有一種法子能救得了林太平。

最可怕的一種法子。

他看著王動，目中已不禁露出恐懼之色，因爲他知道王動在想什麼。

王動當然也知道他在想什麼，臉色反倒很平靜，淡淡地道：「你應該知道，要怎麼樣才能救得了他。」

燕七用力搖頭，道：「這法子不行。」

王動道：「行。」

燕七大聲道：「絕對不行。」

王動道：「不行也得行，因爲我們已別無選擇的餘地。」

燕七突然倒了下去，倒在椅子上，似乎再也支持不下去。

郭大路正瞪大了眼睛看著他們，他臉上還帶著淚痕，忍不住問道：「你們說的究竟是個什麼法子？」

沒有人回答，沒有人開口。

郭大路著急道：「你們爲什麼不告訴我？」

燕七終於輕輕嘆了口氣，道：「你就算知道了也沒有用的。」

郭大路道：「爲什麼沒有用？若不是我亂出主意，林太平也不會變成這樣子，我比誰都難受，比誰都急著想救他。」

王動冷冷道：「你現在只能救一個人。」

郭大路道：「誰？」

王動道：「你自己。」

燕七柔聲道：「你受的傷很不輕，若再胡思亂想，只怕連你自己的命都很難保住。」

郭大路瞪著他們，忽然道：「我中的暗器是不是也有毒？」

燕七道：「嗯。」

郭大路道：「是誰救了我的？」

燕七道：「王老大。」

郭大路道：「王老大既然能解得了我中的毒，爲什麼就不能解林太平的毒？」

燕七又不肯開口了。郭大路道：「他們暗器上的毒，應該是同一路的，是不是？」

燕七又沉默了很久，才長長嘆息一聲，道：「你爲什麼要問得這麼清楚？」

郭大路大聲道：「我爲什麼不能問清楚？你們若再不告訴我，我就……我就……」

他用力搥著床舖，氣得連話都說不出了。

燕七咬了咬牙，道：「好，我告訴你，你中的毒，和林太平中的毒，的確都是赤練蛇的獨門毒藥，所以也只有他的獨門解藥才能救得了。」

郭大路道：「但王老大……」

燕七道：「王老大準備脫離他們的時候，他就已經偷偷地藏起了一點赤練蛇的獨門解藥，以防萬一。」

郭大路道：「解藥呢？」

燕七一字字道：「救你的時候已用完了。」

郭大路失聲道：「全都用完了？」

燕七道：「連一點都沒有剩。」

他咬著嘴唇，緩緩道：「那些解藥本是準備用來救他自己的，但卻全用來救了你，我本來以爲他還留著一點，誰知他卻生怕你中的毒太深，生怕解藥的份量不夠，所以……」

說到這裡，他也眼眶發紅，再也說不下去──這件事本只有他知道，因爲那時林太平還在外面守望。

郭大路捏緊雙拳，黃豆大冷汗，已流了一臉，過了很久，才喃喃道：「林太平是我害的，唯一能救他的解藥也被我用光了，我真有辦法，真了不起……」

燕七黯然道：「這本是誰也想不到的事，你並沒有要我們……」

郭大路嘶聲道：「不錯，我並沒有要你們救我，你們自己非這樣子做不可，但你們爲什麼不想想，這樣子叫我怎麼能安心活得下去？」

王動沉著臉，道：「你非活下去不可，我既已救了你，你想死也不行。」

郭大路道：「但林太平……」

王動沉聲道：「你用不著擔心他，我既能救你，當然也有法子救他。」

郭大路咬牙道：「現在我總算已知道你有什麼法子了。」

王動道：「哦？」

郭大路道：「你想問赤練蛇去要解藥，是不是？」

他又咬著牙道：「剛才你不肯去，只不過因爲你太瞭解紅娘子，但現在爲了林太平，就算要用你的命去換解藥，你也非去不可的。」

王動淡淡的笑了笑，道：「你以為一飛沖天鷹中王是個這麼好的人？」

郭大路道：「我不認得什麼鷹中王，只認得王動，也很瞭解王動是個怎麼樣的人。」

王動道：「哦？」

郭大路目中又有淚光道：「王動這個人的臉看來雖然又冷又硬，其實他的心腸卻比豆腐還軟，比火還熱。」

王動沉默著，終於緩緩地道：「你既然瞭解我，就應該知道我若想做一件事，便誰也攔不住我的。」

郭大路道：「你也應該很瞭解我，我若想做一件事時，也沒有人能攔得住的。」

王動道：「你想做什麼？」

郭大路道：「去問赤練蛇要解藥。」

燕七動容道：「你怎麼能去？」

郭大路道：「我非去不可，而且也只有我能去。」

燕七道：「但你的傷……」

郭大路道：「就因為我受了傷，所以你們更要讓我去。」

他不讓別人說話，接著又道：「現在我們已只剩下兩個人，兩個人去對付他們三個，已很吃力，所以你們絕不能再受傷了，否則我們大家都只有死路一條。」

燕七道：「這話雖然有道理，可是……」

郭大路又打斷了他的話，道：「可是我們又絕不能看著林太平中毒而死，所以只有讓我去，我反正已受了傷，已出不了力，何況……」

他笑了笑，接著道：「赤練蛇他們至少也算是個人，總不會對一個完全無回手之力的人來下毒手吧。」

王動冷笑道：「你以爲他們不會殺你？」

郭大路道：「想必不會的。」

王動道：「是你瞭解他們？還是我？」

郭大路道：「是你。」

王動道：「那麼，我告訴你，他們不殺的只有一種人。」

郭大路道：「哪種人？」

王動道：「死人。」

突然間，風中又傳來一陣銀鈴般的笑聲。

燕七衝出去，就看到一隻淡黃色的風箏自夜空中慢慢的飄落下來。

風箏是方的，上面還用硃筆劃了彎彎曲曲的花紋。

現在燕七已知道這並不是風箏，而是道一見就送終的催命符。

催命符上寫著的是什麼，誰也看不懂。

只有到過地獄的人才看得懂。

王動看得懂。

淡黃色的風箏上，劃滿了朱紅色的符籙，紅得就像是血，就像是地獄中的火。

王動凝視著，冷淡的目光中不禁露出了恐懼之意。

燕七沒有看這風箏，只在看著王動的眼睛——他雖然看不懂風箏上的符籙，卻看得懂王動眼睛裡的神色。

他忍不住問道：「這上面寫著些什麼？」

王動沉默了很久，還是沒有回答，卻又推開窗子，望著窗外的夜色。

星已漸稀，夜已將盡。

灰濛濛的夜色中，又有一隻風箏正冉冉升起。

王動輕輕嘆息一聲，道：「天快亮了。」

燕七道：「天一定會亮的。」

王動道：「我也一定要走的。」

燕七失色道：「爲什麼？」

王動道：「因爲天亮之前，我若還沒有趕到那風箏下面，林太平就得死。」

三

天快亮了。

曙色帶給人們的，本是光明、歡樂和希望。

但現在帶給王動他們的，卻只有死亡。

「天亮之前，王動若還沒有站在那風箏下等著，林太平就得死。」

這就是那符籙寫的意思。

這意思就是說，王動已非去不可，非死不可。

郭大路大聲道：「我早就說過，只有我能去，誰也休想攔住我。」

王動淡淡道：「好，你可以去，但無論你去不去，我還是非去不可。」

郭大路道：「我既已去了，你爲什麼還要去？」

王動道：「因爲他們要的是我，不是你。」

燕七搶著道：「你去了他們也未必會將解藥給你，你應該比我更明白。」

王動道：「我明白。」

燕七道：「這不過只是他們的誘兵之計，只不過是個圈套，他們一定早已在那裡佈下了埋伏，就等著你去上鉤。」

王動道：「這點我也比你明白。」

燕七道：「但你還是要去？」

王動道：「你要我看著林太平死？」

林太平呼吸已微弱，牙關已咬緊，臉上已露出了死灰色。

無論誰都能看出他已離死不遠。

燕七黯然道：「我們不能看著他死，但也不能眼看著你去送死。」

王動淡淡一笑，道：「你怎麼知道我一定是去送死？說不定我很快就能帶著藥回來呢。」

燕七瞪著他，道：「你這是在騙我們？還是騙你自己？」

王動終於嘆了口氣，道：「我也知道能回來的希望不大，但只要有一分希望，我就得去。」

燕七道：「若連一分希望都沒有呢？」

王動道：「我還是要去。」

這句話他說得斬釘截鐵，已全無轉圜的餘地。

燕七突然站起來，大聲道：「好，你去，我也陪著你去。」

王動慢慢的點了點頭，道：「好，你也去，能去的都去，就讓不能去的留在這裡，等著別人來宰割吧。」

燕七說不出話來了。

郭大路忍不住道：「你究竟要我們怎麼做？爲什麼不乾脆說出來？」

王動道：「我一個人去，你們帶著林太平到山下去等我。」

郭大路道：「然後呢？」

王動道：「然後你們想法子去準備一輛馬車，無論去偷去搶都一定要弄到。」

郭大路道：「然後呢？」

王動道：「然後，你們就坐在馬車裡等，太陽下山後，我若還沒有去找你們，你們就趕快離開這地方。」

郭大路道：「離開這裡到哪裡去？」

王動笑了笑，笑得已有些淒涼，道：「天地之大，哪裡你們不能去？」

郭大路也慢慢的點了點頭，道：「好，好主意，這種主意真虧你怎麼想得出來的！」

王動道：「這雖然不能算是好主意，卻是唯一的主意。」

郭大路道：「很好，你爲了林太平去拚命，卻要我們像狗一樣夾著尾巴逃走，你是個好朋友，卻要我們做畜牲。」

王動沉下了臉，道：「你難道還有別的主意？」

郭大路道：「我只有一個主意。」

王動道：「你說。」

郭大路道：「要活，我們開開心心的活在一起，要死，我們也要痛痛快快的死在一起。」

郭大路就是郭大路，既不是王動，也不是燕七。

他也許沒有王動鎮定冷靜，也許沒有燕七的機智聰明。

但這人卻真他媽的痛快，真他媽的有種。

四

風吹過的時候，死灰色的冷霧剛剛自荒塚間升起。

鬼火已消失在霧裡。

誰說這世上沒有鬼？誰說的？

此刻在這霧中飄蕩的，豈非正是個連地獄都拒絕收留的遊魂？

誰也看不清他的臉。

因爲他的臉是死灰色的，似已和這淒迷的冷霧溶爲一體，鼻子已溶入霧裡，嘴也溶入霧裡。

只剩下那雙鬼火般的眼睛。

眼睛裡沒有光，也分不出黑白，但卻充滿了惡毒之意，彷彿正在詛咒著世上所有的事、所有的人。

無論這雙眼睛看到什麼地方，那地方立刻會沾上不祥的噩運。

現在，這雙眼睛正在慢慢的環顧著四方，每一座荒塚，每一片積雪，他都絕不肯錯過。

然後他眼睛裡才露出一絲笑意。

誰也想像不出這種笑意有多麼惡毒、多麼可怕。

就在這時，迷霧裡又響起了一陣銀鈴般的笑聲。

不是銀鈴，是攝魂的鈴聲。

紅娘子幽靈般出現在迷霧裡，帶著笑道：「都準備好了麼？」

這遊魂慢慢的點了點頭，道：「除非人不來，來了就休想活著回去。」

紅娘子眼波流動，道：「你想他會不會來？」

這遊魂道：「你說呢？」

紅娘子眨著眼，道：「爲什麼要我說？」

遊魂道：「你比我們瞭解他。」

紅娘子笑盈盈走過來，用眼色瞟著他，道：「你現在還吃醋？」

遊魂道：「哼！」

紅娘子道：「你以爲我真的對他有意思？」

遊魂目中的惡毒之意更深，道：「他在的時候，你從來沒有陪過我一天。」

紅娘子道：「你難道已忘了是誰叫我那麼做的？」

遊魂不說話了。

紅娘子冷笑道：「你爲了要拉攏他，叫我去陪他睡覺，現在反來怪我了，你有良心沒有？」

賤。」

遊魂道：「沒有。」

紅娘子又笑了，道：「想不到你偶爾也會說句老實話。」

遊魂道：「你呢？」

紅娘子道：「我在你面前，說的句句都是實話。」

遊魂道：「我若不叫你去陪他睡覺，你難道就不會去？」

紅娘子道：「還是一樣會去。」

遊魂道：「爲什麼？」

紅娘子嫣然道：「因爲我喜歡陪男人睡覺。」

遊魂咬著牙道：「陪什麼樣的男人睡覺？」

紅娘子道：「除了你之外什麼樣的男人都喜歡。」

遊魂目中的惡毒之色已變爲痛苦，但眼睛卻反而亮了。

紅娘子看著他的眼睛，道：「你的話問完了嗎？」

遊魂突然一把揪住她的頭髮，反手重重摑她的臉，嘎聲道：「你這賤人。」

紅娘子既不驚懼，也不生氣，反而笑得更甜，道：「我本就是個賤人，但你卻比我更賤。」

遊魂又重摑她的臉。

紅娘子還在笑，道：「你不但喜歡我去陪別的男人睡覺，還喜歡問我，天天問我，這些話你已不知問過我多少次了。」

她不讓遊魂開口，接著又道：「因爲你喜歡這些話，喜歡被我折磨，只有在我折磨你的時候，你才是個人，你才會快活。」

遊魂喉嚨低嘶一聲，用力將她拉了過來。

紅娘子吃吃的笑，道：「你是不是又想……」

突聽一人冷冷道：「現在不是你們打情罵俏的時候。」

聲音冷得像冰。

因爲這聲音本就是從積雪下發出來的。

紅娘子笑道：「原來你已鑽到雪裡面去了。」

一張臉突然從地上的積雪中露出來。

一張比死人還可怕的臉。

紅娘子道：「下面怎麼樣？」

赤練蛇道：「很涼快。」

紅娘子笑道：「世上比你那裡更涼快的地方，的確再也找不到了。」

赤練蛇道：「你是不是也想鑽進來陪我睡一覺？」

紅娘子道：「只要你有耐心在下面等，我遲早總會鑽進去的。」

遊魂冷笑道：「只可惜他對你沒胃口。」

赤練蛇眼看著天，突然道：「時候已不早，你還是快去死吧。」

遊魂道：「你想他會不會來？」

紅娘子搶著道：「一定會來。」

遊魂道：「爲什麼？」

紅娘子道：「因爲他除了對你們之外，對別的朋友都不錯。」

遊魂也仰頭看了看天色。

曙色已白。

世上的孤魂野鬼，都已到了應該回去的時候。

遊魂道：「我要去死了。」

紅娘子道：「你趕快去死吧。」

遊魂慢慢的走過去，走到旁邊一座荒墳前，自懷中取出個瓷瓶，放在墳頭上。

然後他的人就突然消失在墳墓裡。

紅娘子長長嘆了口氣，喃喃道：「他若永遠在裡面不出來，那有多好。」

赤練蛇道：「有什麼好？」

紅娘子垂首看著他，眼睛水汪汪的，柔聲道：「只剩下我們兩個人還不好？」

赤練蛇冷冷道：「那也得等天下的女人都死光了再說。」

紅娘子衝過去，一口口水唾在他臉上，恨恨道：「你是不是人？」

赤練蛇陰惻惻一笑，道：「不是。」

這句話沒說完，這張臉已隱沒在積雪裡。

紅娘子發了半天怔，好像突然有了很多心事。

過了很久，她身形突又掠起。

她立刻就消失在霧裡。

風吹過的時候，死灰色的迷霧已迷漫了大地。

天也是死灰色的。

荒塚、冷雪，沒有人，甚至連鬼都沒有。

只剩下一隻風箏正慢慢的落下。

不是風箏，是催命鬼的符籙。

風箏已落下。

蒼穹一片灰白，什麼都看不見了。

王動在路上慢慢的走著，臉上還是連一點表情都沒有。

他就算心裡有恐懼，也絕不會露在臉上。

無論誰若受過他所受的痛苦和折磨，都已該學會將情感隱藏在心裡。

各種情感都隱藏在心裡。

但情感卻像酒一樣。

你藏得愈深，藏得愈久，反而愈濃愈烈。

現在他只有一個人。

他的朋友們當然沒有來。

是他們背棄了他，還是他說服了他們？

誰也不知道。

誰也沒法子從他臉上的表情看出來。

但大家都知道，天下無不散的筵席，無論多好的朋友，遲早都有分手的時候。

人生聚合本無常，是聚也好，是散也好，又何必太認真？

天色朦朧，但總算已有了光亮。

他走得雖慢，但總算已走到了地頭。

人生本就如此，很多事都如此，你又何必太匆忙？

風還是很冷，冷得像刀，刀一般颳過他的臉。

他慢慢的穿過荒墳，默數著一塊塊墓碑。

墓碑有的已傾倒，有的已被風雪侵蝕，連字跡都分辨不出。

墳墓裡的人是誰？已不再有人關心了。

他們活著的時候，豈非也有他們的光榮和羞辱、快樂和悲傷？

但現在他們已一無所有。

那麼你又何必將生死榮辱，時時刻刻的放在心上？

王動輕輕的嘆息了一聲，突然停下腳步。

因為他已聽到紅娘子的笑聲。

紅娘子正銀鈴般笑著道：「我早就知道你會來的，你果然來了。」

王動道：「我來了。」

他已看見她，站在積雪的枯樹下，還是穿著那身鮮紅的衣裳，彷彿還跟他第一次見到她時一樣。

但逝去的時光，已經不再來，逝去的歡樂和悲傷，也已將淡忘。

就算還未遺忘，遲早也必將淡忘。

紅娘子也站在那裡看著他，目光中也不知是嗔是怨？是愛是恨？

她是愛也好，是恨也好，都已無妨。

紅娘子終於笑了笑，道：「你真是為林太平拿解藥來的？」

王動道：「是。」

紅娘子咬著嘴唇，道：「為了我，你就不肯來？」

王動道：「不肯。」

紅娘子笑得很悽涼，道：「你對別的朋友，爲什麼總比對我好？」

王動道：「因爲你不是我的朋友。」

紅娘子道：「我不是你的朋友？你難道忘了我們以前在一起時，有多麼開心。」

王動道：「我忘了。」

紅娘子搖搖頭，道：「無論你嘴上說得多硬，我知道你心裡絕不會忘的。」

她眼波如霧，幽幽的接著道：「你還記不記得，有一次我們躺在華山之巔，用白雲做我們的被，大地做我們的床，天地間彷彿只剩下我們兩個人。」

她聲音更低迷，更輕柔，又道：「還有一次，我們躺在無邊無際的大沙漠上，數著天上的星星，直到我們兩個人都已被埋在沙裡……這些事你能忘得了嗎？」

王動不再說話。

這些事的確是誰也忘不了的。

他真的能忘記？

面對著他生平第一個戀人，他的心真如他的臉一樣冷靜？

紅娘子凝視著他，目中已有淚光，道：「這些事我是永遠也忘不了的，所以我才恨你，恨你走的時候，連說都不說一聲，恨得想要你死，可是……」

她垂下頭，道：「只要你肯回心轉意，只要你肯說一句話，我現在就跟著你走，無論到天涯海角，我都跟著你走。」

王動突然大聲道：「我哪裡都不去。」

他說的聲音那麼大，似乎想將自己從夢中驚醒。

紅娘子咬了咬嘴唇，道：「你哪裡都不去，又爲什麼要來呢？」

王動冷冷道：「我是來拿解藥的。」

紅娘子道：「除此之外，就沒有別的原因？」

王動道：「沒有。」

紅娘子道：「你不想來看看我？」

王動道：「不想。」

紅娘子的臉色突然發青，青得就像是一隻青蠍子。

她目中的柔情蜜意也已不見，用力跺了跺腳，道：「好，解藥就在後面，你自己去拿吧。」

王動回過頭，就看到墳頭上那瓷瓶。

紅娘子道：「這次我們將解藥給你，只因爲我們還是拿你當作朋友，你拿了之後最好趕快走。」

王動臉上還是沒有表情。

無論她說什麼，他連一個字都不信。

他知道他們是絕不會將解藥就這樣容容易易的給他的。

但他還是走了過去。

他非拿到這瓶解藥不可。

這瓶解藥若是在水裡，他就跳下水裡去，這瓶解藥若是在烈火裡，他就跳進火裡去。

積雪冷而柔軟。

王動只走了六七步，就已可伸手拿到解藥。

他伸出手。

瓷瓶很冷，冷得像死人的手。

他拿起了瓷瓶。

他的手比瓷瓶還冷。

因爲他已感覺到死的氣息。

一雙手突然從墳墓裡伸出來，點中了他膝蓋上的「環跳」穴。

另一雙手同時從積雪下伸出來，揮手射出兩顆寒星，射入了他的足踝。

他跪了下去，跪在墳墓前。

然後他才看到，墳墓下已露出個洞穴。

這墳墓原來是假的，是空的。

紅娘子銀鈴般的笑聲又響起，甜笑著道：「你現在真的哪裡都不必去了……」

五

王動跪在墳墓前，臉上還是全無表情，但臉色卻蒼白得可怕。

他很瞭解這些人，很瞭解這些人的手段。

他在等，等他們使出手段來。

墳墓中終於發出了聲音：「你輸了。」

他知道這是催命符的聲音，催命符無論在什麼地方說話，都像是從墳墓裡發出來的。

「我輸了。」

他只有認輸。

催命符道：「這次你已沒有翻本的機會。」

王動道：「我沒有。」

催命符道：「你知不知道輸的是什麼？」

王動道：「我只有一條命可輸。」

催命符道：「你還有別的。」

王動道：「你還要什麼？」

催命符道：「你總該知道，從棺材裡伸出手來，要的是什麼？」

王動道：「要錢？」

催命符道：「不錯，是要錢。」

王動道：「若是要錢，你就找錯了人。」

催命符道：「我從未找錯人。」

王動道：「要錢的本該是我，公賬裡的錢我本該也有一份。」

催命符道：「你當然有一份，但卻不該將四份都獨吞。」

王動沒有說話，臉上的表情忽然變得很奇怪。

催命符道：「那幾年我們的收入不錯。」

王動道：「很不錯。」

催命符道：「是不是只有我們五個人知道，我們的收入究竟有多少？」

王動道：「是。」

催命符道：「是不是也只有我們五個人，才知道我們究竟存了多少、存在哪裡？」

王動道：「是。」

催命符道：「有沒有第六個人？」

王動道：「沒有。」

催命符道：「那筆錢無論誰拿去，都足夠舒舒服服的享受一輩子。」

王動道：「就算最浪費的人也已足夠。」

催命符道：「但等你走了後，我們才知道，能享受那筆錢的只有你一個人。」

六

王動道：「你認爲我已將那筆錢帶走？」

催命符道：「那一筆錢已一文不剩，你認爲是誰帶走的呢？」

王動長長吐出口氣，道：「我現在才知道你們是爲什麼來的。」

催命符冷笑道：「我早已知道你是爲什麼走的了，那筆錢已足夠令任何人出賣朋友。」

王動忽然笑了。

催命符說道：「你認爲我們很可笑？認爲我們是笨蛋？」

王動道：「我才是笨蛋，無論誰有了那筆錢，都不會過我這種日子，除非是個笨蛋。」

催命符道：「你過的是什麼日子？」

王動道：「窮日子。」

紅娘子忽然掠過來，銀鈴般笑道：「你有多窮？」

王動道：「很窮。」

紅娘子眨眨眼道：「聽說有個人在這縣城的奎元館裡，一晚上就輸了好幾萬銀子，這人是誰？」

王動道：「是我。」

紅娘子道：「聽說有個人在山下的言茂源，一個月就買了幾百兩銀子的酒，這人又是誰？」

王動道：「是我。」

紅娘子道：「還有個人家裡，最近剛換了批傢具，連後院小屋裡的椅子，都是檀木做的，最少也值十兩銀子，這人又是誰？」

王動道：「是我。」

紅娘子笑了，悠然道：「一個人過的是這種日子，能算很窮嗎？」

王動道：「不能算。」

紅娘子道：「我們已打聽過，這裡雖叫做富貴山莊，但從上一代開始，除了這名字外，就再也沒有一點富貴的地方。」

王動道：「不錯。」

紅娘子道：「這麼些年來，你也沒有再出去做過生意？」

王動淡淡道：「一個人可以在家裡享福，爲什麼還要出去？」

紅娘子道：「銀子是絕不會從天上掉下來的。」

王動道：「但卻可以從地下挖出來。」

紅娘子嫣然道：「想不到你承認得倒很快。」

王動道：「我不承認行不行？」

紅娘子道：「不行。」

王動道：「既然不行，我爲什麼還不承認。」

他笑了笑，笑得很勉強，又道：「你們若要調查一個人的底細，連他祖宗三代都要被挖出來，若要一個人說實話，連啞巴都不能不開口，這點我總比別人知道得清楚些。」

催命符冷冷道：「所以你根本不該走的。」

王動嘆道：「只可惜，很多人都常常會做不該做的事。」

催命符道：「好，我們走吧。」

王動道：「走？到哪裡去？」

催命符道：「去拿回我們的那三份。」

王動道：「好，你們去拿吧。」

催命符道：「到哪裡去拿？」

王動道：「你們高興到哪裡去拿就到哪裡去拿。」

催命符道：「你若不說，我們怎知道錢藏在哪裡？」

王動道：「我爲什麼要說？我什麼都沒有說。」

催命符厲聲道：「你還不承認？」

王動淡淡道：「就算錢是我拿的，但承認拿錢是一回事，答應還錢又是另外一回事了。」

催命符冷笑道：「你要錢？還是要命？」

王動道：「能活下去的時候，當然要命，若已活不下去，就只好要錢了。」

催命符道：「你要怎麼樣才肯答應？」

王動道：「你們肯答應還我的命，我就答應還你們的錢。」

催命符沉默了半晌，忽然道：「好，還你的命。」

王動道：「一條命，一份錢。」

催命符道：「你有幾條命？」

王動道：「我一條，郭大路一條，林太平一條，燕七一條，四條命，四份錢。」

催命符道：「一條命，四份錢。」

王動道：「不行。」

催命符道：「不行也得行，你是活的，錢是死的，我們既能找到你，還怕找不到錢？」

王動也沉默了很久，才緩緩道：「好吧，就先還命來。」

催命符道：「還誰的命？」

王動道：「你要誰還錢？」

紅娘子又笑了，吃吃笑道：「我早就知道他總算還是個聰明人，總算還知道，無論誰的命，都不如自己的命值錢。」

王動道：「先解我的毒，再解穴道，我就帶你們去拿錢。」

催命符道：「只解毒，不解穴道。」

王動道：「穴道若不解，你們隨時還是可以要我的命。」

催命符道：「我答應留下你的命。」

王動道：「除了命呢？」

催命符道：「有了命你已該知足。」

紅娘子笑道：「是呀，活著總比死好，你還是想開些吧。」

王動又沉默了很久，終於長長嘆息一聲，道：「看來我已沒有別的路可走。」

催命符冷冷道：「你帶走那筆錢的時候，就已走上了絕路。」

王動道：「環跳穴被點住的人什麼路都不能走。」

紅娘子媚笑道：「你不能走，我背你，莫忘了以前你總是壓著我的。」

催命符冷冷道：「你跟著我走。」

紅娘子眨眨眼，道：「那麼誰背他呢？」

一個人忽然從積雪中鑽出來，蛇一般鑽出來，道：「我。」

王動伏在赤練蛇背上。

赤練蛇的身子柔軟、潮濕、冰冷。

霧已將散。

但天色依舊陰冥，看不見太陽，也看不見光明。

根本就沒有光明，因爲已全無希望。

赤練蛇忽然道：「這是你回家的路。」

王動道：「只希望不是回老家。」

赤練蛇道：「你把錢就藏在家裡？」

王動道：「若是你，你藏在哪裡？」

赤練蛇道：「當然是可以隨時摸得到的地方，錢就像女人一樣，最好放在隨時可以摸得到的地方。」

王動笑了，道：「想不到你也懂女人。」

赤練蛇道：「就因爲我懂，所以才不要。」

王動道：「你只要錢？」

赤練蛇道：「錢比女人好，錢不會騙你，世上絕沒有比錢更忠實的。」

王動道：「所以，錢可以放在客廳裡面，女人卻不能。」

赤練蛇道：「錢就在客廳裡？」

王動道：「一個人的家裡，還有什麼地方比客廳更寬敞、更顯眼？」

赤練蛇點點頭，道：「不錯，愈顯眼的地方，別人反而愈不會注意。」

催命符從不肯走在任何人前面。

世上的確有這種人，因爲他在背後暗算別人的次數太多。

所以他永遠不願讓任何人走在他背後。

他緊緊貼著紅娘子，就好像是一條影子。

紅娘子甚至可以感覺到他那冰冷的呼吸——帶著死屍的氣味的呼吸。

她的臉色難看極了。

催命符看不見她的臉，只能看見她的脖子。

他正在看著她的脖子，臉上帶著欣賞的表情，因爲她光滑白嫩的脖子上，已因他的呼吸而起了一粒粒雞皮疙瘩。

紅娘子卻在看著前面的王動，忽然道：「你認爲他真的會帶我們去拿錢？」

催命符道：「他已別無選擇。」

紅娘子道：「我卻覺得有點不對。」

催命符道：「哪點不對？」

紅娘子道：「他不是這麼容易對付的人，也不該這麼怕死。」

催命符冷笑道：「隨便他是怎麼樣的人，現在都已無妨。」

紅娘子道：「爲什麼？」

催命符道：「因爲他現在已是個死人。」

紅娘子道：「死人？」

催命符道：「你以爲我真會留下他的命？」

紅娘子嫣然道：「我當然知道你不會，但現在他還沒有死。」

催命符接道：「雖然還沒有完全死，但已死了一大半。」

紅娘子道：「他還有朋友。」

催命符道：「一個是快死了的朋友，另外兩個簡直已等於死了，我們三個人無論誰都已足夠對付他們，你還擔心什麼？」

紅娘子忽又笑了笑，道：「我不是擔心，只覺得有點可惜。」

催命符道：「可惜什麼？」

紅娘子悠然笑道：「可惜我還沒有跟那三個小伙子睡過覺。」

催命符忽然一口咬住她的脖子。

就好像是一條瘋狗，咬住了一條母狗。

天色陰暗，所以客廳裡還是暗得很。

窗子是開著的，從外面可以隱約看到兩人的影了。

赤練蛇道：「什麼人在裡面？」

王動淡淡道：「想不到你的眼睛近來也不行了。」

赤練蛇的眼睛本來就不行。

任何人若是一生都鑽在各式各樣的毒藥裡，眼力都不會好。

但就算眼力再差的人，只要多看幾眼，也能看得出那只不過是兩個稻草人。

兩個披麻帶孝的稻草人。

王動忽然笑了笑，道：「你若還沒有看清，我不妨告訴你：我若死了，他們就是我的孝子，你若死了，只怕也只有用他們來做孝子。」

赤練蛇道：「這樣的孝子，至少總比敗家子好。」

王動道：「所以你寧可絕子絕孫？」

赤練蛇道：「最好連朋友都沒有。」

紅娘子忽然趕上來，道：「你的朋友呢？」

她問的是王動。因為這些人裡只有王動才有朋友。

王動道：「他們在山下等我。」

紅娘子道：「為什麼要到山下去？」

王動道：「你若是他們，在這種情況，會在哪裡等我？」

赤練蛇道：「她根本就不會等你。」

廿五　稻草人的秘密

紅娘子眨了眨眼，道：「我一向總覺得最瞭解我的人就是你，你知道是爲了什麼？」

赤練蛇道：「哼。」

紅娘子道：「因爲只有女人才能瞭解女人，這道理誰都知道的。」

王動道：「他是女人？」

紅娘子道：「你以爲他是男人？」

王動道：「看起來他好像是的。」

紅娘子道：「就算他本來是個男人，但在毒藥裡泡了幾十年，也早就變成個女人了。」

赤練蛇的臉忽然僵硬，就好像是一條蛇忽然被人捏住了七寸。

紅娘子吃吃笑道：「這是他最大的秘密，我本來不該說出來的，幸好你也不是外人，所以……」

她故意壓低語聲，悄悄道：「我還可以告訴你個秘密。」

王動道：「什麼秘密？」

紅娘子道：「你猜猜看，那大蜈蚣死了後，誰最傷心？」

王動道：「我知道他和大蜈蚣是好朋友。」

紅娘子又笑道：「你錯了，他們不是朋友，他們已是……」

赤練蛇一直在瞪著她，冷冰冰的眼睛已變成碧綠色，忽然對準她的臉吹了口氣。

他只不過輕輕吹了口氣，但紅娘子卻像是在閃避著世上最歹毒的暗器一樣，連話都來不及說完，身子已躍起，凌空一個翻身，已掠到屋背後，她身後的催命符卻早就不見了。

王動忽然道：「她說的話，我本來連一個字都不信的。」

赤練蛇道：「你本來不笨。」

王動道：「但這次我卻相信了。」

赤練蛇道：「爲什麼？」

王動笑了笑道：「因爲她說的若不是真的，你何必要她的命？」

赤練蛇冷冷道：「你是不是也想叫我要你的命？」

王動淡淡道：「我這條命早已不姓王了，誰要去都沒關係，但你呢？」

赤練蛇道：「我怎麼樣？」

王動道：「你若死了，誰最傷心？」

赤練蛇道：「沒有人傷心。」

王動道：「有沒有人開心？」

赤練蛇道：「有。」

王動道：「你也知道她恨你？」

赤練蛇道：「哼。」

王動道：「她爲什麼一直沒有要你的命？」

赤練蛇道：「因爲她知道我活著比死了有用。」

王動道：「以後呢？」

赤練蛇道：「以後？」

王動道：「以後分錢的時候。」

赤練蛇的臉又已僵硬。

王動道：「大蜈蚣死了，他們是不是也很傷心？」

赤練蛇道：「哼。」

王動道：「他們爲什麼不傷心？」

赤練蛇道：「因爲三個人分錢，總比四個人分得多些。」

王動道：「若只有兩個人分錢呢？」

赤練蛇回過頭，盯著他，一字字道：「你究竟想說什麼？」

王動道：「我想說的事，你本該早就明白了的。」

赤練蛇碧綠色的眼神突又變成死灰色，冷冰冰的全無表情。

王動道：「一個饅頭兩個人吃，總比三個人吃好些，這道理本就誰都明白，現在的問題是，是哪兩個人能吃到饅頭呢？」

赤練蛇道：「你說。」

王動緩緩道：「我知道你的功夫，你當然不怕紅娘子。」

赤練蛇道：「哼。」

王動道：「但她和崔老大是什麼關係？你和崔老大又是什麼關係？你能不能比得上她？」

赤練蛇冷笑。

在某種情況下，一個人若是冷笑，只不過表示他已無話可說，表示他心裡已不安。

一個對每件事都完全有把握的人，是很少會這麼樣冷笑的。

所以王動立刻又接著道：「所以你若想吃到饅頭，就最好趕快另想法子。」

赤練蛇遲疑著，終於忍不住問道：「什麼法子？」

王動道：「另外找個人，來幫你搶那饅頭。」

赤練蛇又在冷笑，道：「找什麼人？」

王動道：「第一，那人要不太貪心。」

赤練蛇道：「世上有這種人？」

王動道：「我就不是個貪心的人。」

赤練蛇道：「哼。」

王動道：「以前我也許是，但現在我已懂得，兩個人分饅頭吃，總比沒有饅頭吃的好。」

赤練蛇凝視著他，道：「第二呢？」

王動道：「第二，那人要不如你。」

赤練蛇道：「爲什麼要不如我？」

王動道：「因爲他若不如你，就絕不敢在你面前動歪腦筋。」

赤練蛇道：「你不如我？」

王動笑了笑道：「我若比你強，現在怎會要你揹著我呢？」

赤練蛇死灰色的眼睛裡，忽然出現了一點光，道：「你真是站在我這邊的？」

王動道：「我只有站在你這邊。」

赤練蛇道：「爲什麼？」

王動道：「因爲他們那邊的人已太擠了。」

赤練蛇的眼睛又亮了些，道：「你能夠替我做些什麼？」

王動道：「我還有手。」

赤練蛇道：「你的手能做什麼？」

王動道：「至少還能拉住一個人。」

赤練蛇不再冷笑。

因爲他對這件事已漸漸開始覺得有了些把握。

王動道：「現在只有一個問題了。」

赤練蛇道：「你說。」

王動道：「你能不能對付崔老大？」

赤練蛇道：「你看呢？」

王動道：「若真的動手，我不知道，但若驟出不意，攻其無備，那就……」

他突然閉上了嘴。

赤練蛇也閉上了嘴，這才慢慢的走進了屋子。

催命符和紅娘子已在屋子裡。

屋子裡已經很亮了。

催命符的臉在天光下看來，就像是一張白紙。

一張又乾又縐的白紙。

有些人好像都見不得天光的，他顯然就是這種人。

赤練蛇將王動放在椅子上道：「你們已看過了。」

催命符道：「每個地方都看過了。」

紅娘子嫣然道：「連廁所裡都看過了，奇怪的是，那裡居然不太臭。」

她瞟了王動一眼，又道：「所以我知道你的朋友裡，一定有個很喜歡乾淨的人。」

王動冷冷道：「你還知道什麼？」

紅娘子笑道：「我還知道那人一定不是你。」

赤練蛇道：「他的朋友呢？」

催命符道：「全走了。」

紅娘子又瞟了王動一眼，媚笑道：「看來你最近交的，也並不是什麼好朋友。」

王動淡淡道：「天下本沒有真能陪著你死的朋友。」

紅娘子嫣然道：「這樣子的夫妻都沒有，何況是朋友。」

這次她眼波瞟的是赤練蛇。

赤練蛇好像根本沒聽見，也沒看見，道：「這屋子裡已沒有別的人？」

催命符道：「只有這兩個稻草人。」

王動道：「稻草人不是人。」

催命符突然陰惻惻的一笑，道：「莫忘了稻草人有時也能殺人的。」

王動的臉色好像忽然有些變了。

催命符一直在盯著他的臉，就在他臉色微變的那一瞬間，催命符已出手。

很少有人知道催命符殺人用的是什麼。

因爲他殺人是真殺，一出手就絕不會再讓對方有活下去的機會。

否則他就不出手。

只有看過他殺的人，才知道他殺人用的是什麼。

只有四個人看過他殺人。王動看過。

他殺人用的是兩根刺。

兩根鋼絲般的刺，可以遊魂般纏著你，纏住你的兵器，扼斷你的脖子，也可以一下子就刺進你心臟裡。

那就是他的出手雙飛遊魂刺。

江湖中有很多人是以他們的獨門兵器而成名的。

因爲他若有種奇特的獨門兵器，在和人交手時，就往往會佔到很多便宜。

很多意想不到的便宜。

所以你若能創造一件令人意想不到的獨門兵器，你就一定會在江湖中闖出名頭來——用別人的血寫出你的名頭來。

雖然你以後也會死在另一件令你意想不到的獨門兵器下。

稻草人身子看來很臃腫。

比他們在放風箏時臃腫得多了。

這點別人也許看不出來，但催命符卻絕不會看不出來。因爲稻草人就是他做的。

他雖有張笨臉，卻有雙巧手——真正聰明的人，是絕不會將聰明擺在臉上的。

稻草人不吃肥肉，也不喝酒，爲什麼會忽然在一夜之間長胖了呢？

是不是有人藏在稻草人裡，準備突然間跳起來出手？——這就是王動和燕七他們早已商量好的最後一擊？

王動的臉色變了。

因爲這時催命符的出手雙飛遊魂刺，已閃電般刺入稻草人的心臟。刺得很深。深極了。

廿六　最後一擊

一

世上的確很少有真能和你共生死的朋友。

連這樣的夫妻都很少，何況朋友？

但這樣的朋友並不是絕對沒有。

至少郭大路他們就是這樣的朋友。

他們知道王動已在生死關頭，怎麼肯放下王動一個人在危險中？

他們怎麼會走？

二

稻草人長胖了。

胖人的血多。

催命符的出手雙飛遊魂刺，已刺入了他們的心臟。

但卻沒有血，連一滴血都沒有。

這次臉色改變的不是王動，是催命符。

就在催命符臉色改變的這一瞬間，赤練蛇的眼睛裡已發出了光。

也就在這同一瞬間，王動拉住了紅娘子的手。

蜜蜂的刺有毒。

催命符的刺更毒。

蜜蜂的刺若已刺過人，就沒有毒了。

催命符的刺現在還留在稻草人的心臟裡。

這機會赤練蛇怎肯錯過。

他忽然對準催命符的臉，用力吹了口氣。

天光照入窗戶，可以看出，他吹出的氣，是淡碧色的。

催命符好像正在發怔，但就在他這口氣吹出來的那一瞬間，催命符的長袖突然變成個套子，套住了赤練蛇的頭。

也悶住了他的那口氣。

赤練蛇一聲慘呼。

呼聲很尖銳，很短促。

催命符的身子已掠起，一隻手勾住了大樑，吊在樑上，看著他。

去。

赤練蛇的眼睛就像是完全瞎了，什麼都已看不見，就像是一條瞎了眼的狗，蹌踉向前衝

他衝出了一步、兩步、三步……

他的臉已碧綠。

他才衝出了兩步，就倒下。

中了赤練蛇的毒，絕沒有人能走出七步。

就連赤練蛇自己也不例外。

王動放開了紅娘子的手。

他臉上還是連一點表情都沒有，但瞳孔卻已開始在收縮。

他已漸漸明白這是怎麼回事，這件事並不太有趣。

但紅娘子卻顯然覺得很有趣，她早已笑了，笑個不停。

笑聲如銀鈴。

王動第一次看到她笑的時候，就是被她這種笑聲迷住的。

直到他看過她幾百次之後，他還是認爲世上絕沒有別的人能笑得這麼可愛，這麼好聽。

但現在他卻只覺得想嘔吐。

無論如何，赤練蛇總是跟她在一起生活了許多年的伙伴。

無論誰若能在自己伙伴的屍體旁笑得如此開心，都會令別人覺得想嘔吐。

紅娘子眼波流動，道：「你是不是在奇怪，我爲什麼要笑？」

王動道：「不奇怪。」

紅娘子道：「爲什麼？」

王動道：「因爲你根本不是人。」

這也是王動的結論。

催命符還在凝視著赤練蛇的屍身，就像是生怕這人死得還不夠徹底。

赤練蛇死得很徹底。

其實他活著時，就已徹底爲毒藥貢獻出他自己的全部生命。

他沒有別的朋友，他甚至可以說什麼都沒有。

毒藥就是他的生命。

過了很久，催命符才慢慢的轉過身，緩緩道：「這是個很忠實的人。」

紅娘子道：「你說他忠實？」

催命符點點頭，道：「他至少對自己做的事很忠實，他的毒藥的確沒有失效過一次。」

紅娘子又笑了，道：「所以你更應該感激我，若不是我，現在死的就是你。」

催命符淡淡道：「我倒的確從未想到過他也會出賣我。」

紅娘子笑道：「你若從未想到過，怎麼會早已準備好對付他的法子？」

催命符道：「因爲我也是個很忠實的人。」

紅娘子道：「你對什麼忠實？」

催命符道：「對我自己。」

紅娘子嘆了口氣，道：「你怎麼從來不說我也很忠實？」

催命符冷冷道：「因爲你對你自己也不忠實，你常常都在出賣自己，你自己出賣自己。」

紅娘子道：「但我卻從來未出賣過你，也從來沒有騙過你。」

催命符還是冷冷地道：「因爲你知道沒有人能騙得過我的。」

他忽然轉向王動，道：「所以你在我面前，也是個老實人。」

王動沒有反應。催命符道：「你說你的朋友都已走了，他們果然不在這裡。」

王動還是沒有反應。

催命符道：「現在我只想知道，你是對錢比較忠實，還是對我？」

王動道：「那得看情形。」

催命符道：「怎麼看？」

王動淡淡地道：「通常我是對錢忠實些，但現在是對你。」

催命符道：「很好，拿來。」

王動道：「拿什麼？」

催命符道：「你有什麼？」

王動猶疑著，終於下了決心，道：「桌子下面有幾塊石板是鬆的，下面有個地窖。」

催命符冷笑道：「你以爲我看不出來？」

王動道：「你既已看出來，爲什麼還不去拿？東西就在那裡。」

紅娘子搶著道：「我去拿出來。」

催命符道：「我去。」

他身子一閃，已掠到紅娘子前面。

這是他平生第一次走在別人前面——也是最後的一次。

一線銀光慢慢的自紅娘子袖中飛出，打在他腦後的玉枕穴上。

這致命的一擊非但不快，而且很慢，但他卻偏偏不能閃避。

他立刻就倒了下去。沒有抵抗，也沒有痛苦。

甚至連聲音都沒有發出，一個活人忽然間就變成了死人。

誰也想不到他竟死得如此容易。

他自己當然更想不到，殺他的人，竟是紅娘子。

銀鈴般的笑聲又響起。

紅娘子笑道：「這次，你總該明白我爲什麼要笑了吧？」

王動道：「不明白。」

紅娘子道：「你知不知道我是用什麼殺他的？」

王動不回答。

紅娘子笑道：「你當然知道，那就是我從他那裡學來的遊魂刺。」

她吃吃的笑著，接道：「他剛用赤練蛇的毒，毒死了赤練蛇，我立刻就用他自己的刺，刺死了他，這麼有趣的事，我想不笑都不行。」

王動道：「我只奇怪，他怎會將這一著教給你。」

紅娘子道：「因爲他並沒有完全將訣竅教給我，知道我永遠學不好的。」

王動道：「你的確沒有他快。」

紅娘子道：「那差得遠了，所以雖然學會，卻還是沒有用，根本不能用來對付別人。遊魂刺還是他的獨門兵器。」

王動道：「既然沒有用，你何必學？」

紅娘子道：「並不是完全沒有用，只有一種用處，只能用來對付一個人。」

王動道：「誰？」

紅娘子道：「他自己。」

王動奇道：「你不能用來對付別人，卻能用來對付他？」

紅娘子笑道：「天下就有很多事，都是這麼奇怪的。」

王動道：「我不懂。」

紅娘子咯咯笑道：「你不懂的事還多著哩。」

王動道：「哦？」

紅娘子道：「我故意單獨留下你和赤練蛇在一起，爲的就是要讓你們有機會說話。」

王動道：「原來你是故意走開的。」

紅娘子道：「我先故意說出他最見不得人的事，然後再走開，故意要他氣得半死；你看到那種機會當然不肯錯過。」

王動道：「你知道我會想法子說動他，要他出賣你們？」

紅娘子道：「並不是你說動他的，他早已有了這意思，只不過一直沒有機會而已。」

王動道：「你故意給他這機會，然後就去叫崔老大提防著？」

紅娘子道：「我也知道崔老大早已有了對付他的法子，他只要一出手，就得死。」

王動道：「你算得很準。」

紅娘子嫣然道：「這點我倒也不必太謙虛。」

王動嘆了口氣，道：「這件事我總算明白了，還有呢？」

紅娘子眨眨眼，道：「你知不知道崔老大最大的秘密是什麼？」

王動道：「不知道。」

紅娘子道：「他的耳朵並不靈，簡直跟聾子差不許多。」

王動道：「但我跟他說話，聲音並不太大，他卻都聽得見。」

紅娘子道：「那只因爲他看你的嘴唇動作，就能看出你說的是什麼。」

王動嘆道：「這的確是個秘密。」

紅娘子道：「這秘密除了我之外，沒有別人知道。就因爲他的耳朵不靈，所以永遠不肯走在任何人前面，他生怕別人從背後暗算他。」

她笑了笑，又道：「這倒並不是因爲他比別人小心，只不過因爲他聽不見暗器的風聲，若有人從背後暗算他，他根本沒法子閃避。」

王動道：「若是風聲很尖銳，他當然還是聽得見的，但若有人從背後慢慢的給他一下子，那他就非死不可了。」

紅娘子笑道：「一點也不錯，所以，我用那永遠也學不好的遊魂刺來對付他，反而再好也沒有了啊！」

王動道：「你也算準了他一聽到東西在哪裡，就忍不住會趕到前面去的？」

紅娘子道：「若在別人面前，他也許還能沉得住氣，還會提防著；但跟我在一起的時候，他總是會比平時疏忽些。」

王動道：「爲什麼？」

紅娘子道：「因爲他總認爲我是在倚靠著他，總認爲他若死了，我也活不了。」

王動嘆道：「他也總認爲沒有人能騙過他……」

紅娘子道：「的確沒有人能騙過他，只有他自己能騙過自己。」

王動道：「他說他自己在騙自己？」

紅娘子媚笑道：「不會自我陶醉的男人，天底下還沒有幾個，男人若不自我陶醉，女人還能混麼？」

王動沉默了半晌，淡淡道：「你的確算得很準，也看得很準。」

紅娘子道：「但我卻看錯了你。」

王動道：「哦？」

紅娘子又笑著道：「我始終認為你是不會說謊的，想不到你若說起謊話來，簡直可以騙死人不賠命。」

王動道：「我說了什麼謊？」

紅娘子道：「你說東西就在桌子下面，這是不是說謊？」

王動道：「是。」

紅娘子笑道：「但卻只有我一個人知道你在說謊，因為世上只有我才知道東西到底藏在哪裡。」

王動道：「你應該知道。」

紅娘子眼波流動，道：「說老實話，你剛才有沒有想到過，東西是我拿走的？」

王動道：「沒有想到。」

他沉默了半晌，又道：「我什麼都沒有想到，什麼都不知道，我只知道一件事。」

紅娘子道：「什麼事？」

王動道：「一個人不能太得意，無論誰若覺得沒有人能騙他，他就是自己在騙自己。」

紅娘子的甜笑好像已有點變味了，忍不住道：「這是什麼意思？」

王動淡淡道：「我這句話的意思就是說，你若能設計出一個圈套來害別人，別人就也能設計出一個圈套來害你。」

這也是結論。

結論通常都很少會錯的。

錯了的通常都不是結論。

白天。

女人在白天看來，總顯得比較蒼老些、憔悴些。

紅娘子已笑不出。

會笑的女人不笑的時候，也總會顯得蒼老些、憔悴些。

所以紅娘子現在看來，幾乎已接近「紅婆子」的程度了。

桌子下沒有寶藏，連一個銅板都沒有。

但卻有人，兩個人。

王動雖不能動，但這兩個人卻能動。

一個動得比較快，一個動得慢些。

快的是燕七，慢的是郭大路。

像郭大路這樣的人，在朋友有危難的時候，你就算用鞭子趕他，用刀架在他脖子上，他也不會走的。

直到現在，紅娘子才發覺自己掉入了圈套。

但是怎麼掉下去的呢？

她完全不知道，這圈套連一點影子她都沒有看到。

屋子裡總有個角落光線比較暗些，這角落裡通常總有張椅子。

紅娘子慢慢的走過去，慢慢的坐下來。

沒有人攔阻她，因爲已沒有這必要。

過了半晌，紅娘子忽然道：「王動，我知道你一直是個很公平的人。」

郭大路搶著道：「他本來就是的。」

有郭大路在的時候，王動說話的機會並不多。

紅娘子道：「所以對我也應該公平些。」

郭大路道：「要怎麼樣公平？」

紅娘子道：「剛才我已將我的圈套說了出來，現在你呢？」

她說話的對象是王動，除了王動外，她沒有看過別人。

燕七的眼睛卻在瞪著郭大路。

所以郭大路的嘴也只好閉上了。

過了很久，王動才開口道：「剛才你是從哪裡說起的？」

紅娘子道：「從我給你機會讓你單獨和赤練蛇說話的時候。」

王動道：「你知不知道我為什麼跟他說那些話？」

紅娘子道：「不知道。」

王動道：「但你至少應該知道一件事，東西並不是我拿走的。」

紅娘子道：「我知道。」

王動道：「所以我一定要從你們三個人中，找出是誰拿走那些東西的人來。」

紅娘子道：「你跟赤練蛇說那些話，為的就是要試探他？」

王動道：「不錯，他若是拿走那些東西的人，就絕不會那麼做了。」

紅娘子道：「你怎麼知道那人不是大蜈蚣？」

王動道：「他假如是的，就不會那麼冒險——有了幾千萬兩身家的人，坐在屋簷下都生怕有瓦會掉下來打破他的頭。」

紅娘子勉強笑了笑，道：「你爲什麼不說得簡單些？『千金之子，坐不垂堂』，這句話我也聽得懂的。」

王動道：「知道那些東西藏處的只有五個人，除掉三個，就只剩下你和崔老大。」

紅娘子道：「但你還是不能確定，我和崔老大究竟誰才是真正拿走那些東西的人。」

王動道：「那時我還不能確定，但我已有把握，遲早總會找出那個人來的。」

紅娘子道：「你真有把握？」

王動道：「第一，我知道赤練蛇絕不是崔老大的敵手，只要一有舉動，就必死無疑。」

紅娘子道：「你倒也看得很準。」

王動道：「第二，我知道你和崔老大之間，也必定有個人要死的。」

紅娘子道：「爲什麼？」

王動道：「因爲無論誰是拿走那些東西的人，都絕不會讓另一個人活著。」

紅娘子道：「爲什麼？」

王動道：「因爲我們這五個人之中，只要還有一個活著，他就不能安心享受那筆財富；現在五個人等於只剩下一個，正是他最好的機會。」

紅娘子嘆了口氣，道：「這機會的確太好了。」

王動道：「他已等了很久，好容易才等到這機會，當然絕不肯輕易錯過。」

紅娘子道：「若換了你，也一定捨不得錯過。」

王動道：「何況以前他還可以將責任推在我身上，現在既已找到了我，他的秘密就遲早要被揭穿，就算他不想殺別人，別人也一定要殺他。」

紅娘子緩緩道：「我本來的確不願他們找到你，可是……」

她笑了笑，笑得很悽涼，輕輕的接著道：「可是我心裡卻又希望他們能找到你，也好讓我看看，這幾年來你已變成什麼樣子了？日子過得還好麼？」

郭大路終於忍不住道：「他日子過得很好，雖然窮一點，卻還是照樣很快樂。」

紅娘子慢慢的點了點頭，喃喃道：「你們的確都是他的好朋友，的確是比他以前那些朋友好得多。」

她沉默了很久，才接著道：「你算來算去，早已算準了最後必定只有一個人剩下來，也算準了他就是拿走那些東西的人。」

王動道：「這算法本來就好像一加一等於二那麼簡單。」

紅娘子道：「難道你赴約去的時候就已算準了？」

郭大路道：「若非如此，我們怎麼能放心讓他去赴約？」

紅娘子嘆道：「我早就該想到的，我早就看出你們不是那種看見朋友有危險就偷偷溜走的人。」

王動道：「他們的確不是。」

紅娘子道：「但是我還有幾點想不通。」

王動道：「你可以問。」

紅娘子道：「你中計被擒，難道也是故意的？」

王動淡淡道：「我只知道那地方絕不會突然冒出個荒墳來。」

紅娘子道：「你故意被他們抓住，難道不怕他們當時就殺了你？」

王動道：「怕總是有點怕的。」

紅娘子道：「但你還是照樣要去做？」

王動道：「因爲我已猜到，你們絕不會就只爲了要殺我而來，一定還另有目的。」

紅娘子道：「你已猜出是什麼目的？」

王動道：「雖然不能完全確定，但只要你們另有目的，就不會當時殺我。」

紅娘子道：「所以你就叫他們在這裡等著？」

王動道：「不錯。」

紅娘子道：「你有把握能誘我們到這裡來？」

王動道：「只有一點，不太多。」

紅娘子道：「但你還是要這麼樣做？」

王動道：「一個人若只肯做絕對有把握的事，那麼他就連一樣事都做不成。」

紅娘子道：「哦？」

王動道：「因爲世上本沒有絕對有把握的事。」

紅娘子道：「你要他們藏在這裡，難道就不怕事先被我們發現麼？」

王動道：「這種機會很少。」

紅娘子道：「爲什麼？」

王動道：「這得分幾種情形來說。」

紅娘子道：「你說。」

王動道：「第一種情況是，三個人都同在這裡的時候。」

紅娘子道：「嗯。」

王動道：「這時三個人之中，至少有兩個人以爲藏寶就在桌下，當然絕不肯讓別人先得手的；就算有人要過來看看，也必定有人會阻止；所以在這種情況下，他們必是安全的。」

紅娘子道：「第二種情況呢？」

王動道：「那時已只剩下兩個人了，就譬如說是你和崔老大。」

紅娘子道：「不用譬如，本來就是我們。」

王動道：「那時你已決心不讓崔老大再活著。他就算想要來看看，你也必定會先下手，所以在這種情況下，他們也是安全的。」

紅娘子道：「第三種情況當然是已只剩下我一個人了。」

王動道：「不錯。」

紅娘子道：「那時你穴道的地方還是被點住的。」

王動道：「是的。」

紅娘子道：「我若先發現他們藏在哪裡，豈非還可以先把他們封死在這裡面？」

王動笑道：「可是你明知藏寶不在那裡，怎麼會過去看？你根本連注意都不會注意，所以在這種情況下，他們也是安全的。」

紅娘子道：「你真的算得那麼精，那麼準？」

王動道：「假的。」

他笑了笑，接著道：「人算不如天算，誰也不能將一件事算得萬無一失的。」

紅娘子道：「但你還是要冒這個險？」

王動道：「這本是我們的孤注一擲，最後一擊。」

紅娘子長長嘆了口氣，苦笑道：「你們的膽子也未免太大了。」

王動道：「我們的膽子並不大，計謀也沒有你們精密，甚至連力量都比你們薄弱些，這一戰，我們本該敗的。」

紅娘子道：「但你們卻勝了。」

王動道：「那只因爲我們有樣你們沒有的東西。」

紅娘子道：「你們有什麼？」

王動道：「友情。」

他慢慢的接著道：「這樣東西雖然是看不見摸不著，但力量之大，卻是你們永遠也夢想不到的。」

紅娘子在聽著。

她不能不聽，因爲這些話都是她從來沒有聽見過的。

王動道：「我們敢拚命，敢冒險，也因爲我們知道自己並不是孤立無助的。」

他目光轉向燕七和郭大路，接著道：「一個人若知道自己無論在什麼情況下，都有真正的朋友站在他這一邊，和他同生死、共患難，他立刻就會變得有了勇氣，有了信心。」

紅娘子垂下頭，彷彿又蒼老了許多。

王動道：「我本來也想要他們走，但他們只說了一句話，就令我改變了主意。」

紅娘子忍不住問道：「他們說了什麼？」

王動道：「他們告訴我：我們要活，就快快樂樂的活在一起；要死，也痛痛快快的死在一起；無論是死是活，都沒什麼了不起。」

這句話也是紅娘子從未聽說過的。

她幾乎不能相信，可是現在她不能不信。

她看著面前三個人——

一個滿身負傷，能站得住已很不容易。

一個纖弱瘦小，顯得既飢餓、又疲倦。

就連王動也一樣。

若說只憑這三個人，就能將赤練蛇、催命符和紅娘子置於死地，這種事簡直不可思議。

但這件不可思議的事，現在卻已成爲事實。

他們憑的是什麼呢？

紅娘子垂下頭，突然覺得一陣熱血上湧，幾乎忍不住要流下淚來。

她已不知有多久未曾真正流過眼淚，幾乎已忘了流淚是什麼感覺。

燕七一直在看著她，目中漸漸露出同情之色，忽然道：「你從來沒有朋友？」

紅娘子搖搖頭。

燕七道：「那絕不是因爲朋友不要你，而是因爲你不要朋友。」

紅娘子道：「可是我……」

燕七道：「你若要別人對你真心誠意，只有用一種東西去換。」

紅娘子道：「用……用什麼？」

燕七道：「用你自己的真心誠意。」

郭大路忍不住道：「你們三個人中，只要有半分真心誠意，今天就一定還快快樂樂的活著。」

邪不勝正。

正義必定戰勝強權。

爲道義友情而結合的力量，必定戰勝因利害而勾結的暴力。

真理與友情必定永遠存在。

這不是口號。絕不是。

你們若聽說郭大路和王動他們的事，就會知道這絕不是口號，就算你們沒聽說也無妨。

因爲世上像郭大路和王動這樣的人，隨時隨地都存在著的，只要你肯用你的誠心誠意去尋找，就一定可以找到這樣的朋友。

廿七　春到人間

一

早晨。

金黃色的陽光穿破雲層，照上窗戶。

風吹過窗戶，流動著自遠山帶來的清新芬芳。

早晨永遠是可愛的，永遠充滿了希望。

但你也用不著詛咒夜的黑暗，若沒有黑暗的醜陋，又怎能顯得出光明的可愛？

春天。

金黃色的陽光穿破雲層，照上枝頭。

風吹過柔枝，枝頭上已抽出了幾芽新綠。

溶化的積雪中，已流動著春的清新芬芳。

春天永遠是可愛的，永遠充滿了希望。

但你也用不著詛咒冬的嚴酷，若沒有嚴酷的寒冷，又怎能顯得出春天的溫暖？

春天的早晨。

林太平正躺在窗下，窗子是開著的，有風吹過的時候，就可以聞到風自遠山帶來的芬芳。

他手裡拿著卷書，眼睛卻在凝視著窗外枝頭上的綠芽。

就躺在這裡，他已躺了很久。

他受的傷並不比郭大路重，中的毒也並不比郭大路深。

可是郭大路已可到街上沽酒的時候，他卻還只能在床上躺著。

因爲他的解藥來得太遲了。

毒已侵入了他的內臟，侵蝕了他的體力。

人生本就是這樣子的，有幸與不幸。

他並不埋怨。

他已能瞭解，幸與不幸，也不是絕對的。

他雖然在病著，卻也因此能享受到病中的那一份淡淡的、閒閒的，帶著幾分清愁的幽趣。

何況還有朋友們的照顧和關心呢。

人生本有很多種樂趣，是一定要你放開胸襟，放開眼界後才能領略到的。

他嘆了口氣，閉上眼睛。

門輕輕的被推開了，一個人輕輕的走了進來。

一個布衣釵裙，不施脂粉，顯得很乾淨、很樸素的婦人。

她手裡托著個木盤，盤上有一碗熱騰騰的粥，兩碟清淡的小菜。

林太平似乎已睡著。

她輕輕的走進來，將木盤放下，像是生怕驚醒了林太平，立刻輕輕的退了出去。

但想了想之後，她又走進來，托起木盤，只因她生怕粥涼了對病人不宜。

這婦人是誰？

她做事實在太周到，太小心。

二

積雪溶盡，大地已在陽光下漸漸變得溫暖乾燥。

院子裡的地上，擺著三張籐椅，一局閒棋。

王動和燕七正在下棋。

郭大路在旁邊看著，忽而弄弄椅上的散籐，忽而站起來走幾步，忽而伸長脖子去眺望牆外的遠山。

總之他就是坐不住。

要他靜靜的坐在那裡下棋，除非砍斷他一條腿，要他靜靜的坐在旁邊看別人下棋，簡直要他的命。

現在王動的白子已將黑棋封死，燕七手裡拈著枚黑子，正在大傷腦筋，正不知該怎麼樣做兩個眼，將這盤棋救活。

郭大路一直在他旁邊晃來晃去。

燕七瞪了他一眼，忍不住道：「你能不能坐下來安靜一下子？」

郭大路道：「不能。」

燕七恨恨道：「你不停的在這裡吵，吵得人心煩意亂，怎麼能下棋？」

郭大路道：「我連話都沒說一句，幾時吵過你？」

燕七道：「你這樣還不算吵？」

郭大路道：「這樣子就算吵？王老大怎麼沒有怪我吵他？」

王動淡淡道：「因爲這盤棋我已快贏了。」

燕七道：「現在打劫還沒有打完，誰輸誰贏還不一定哩。」

郭大路道：「一定。」

燕七瞪眼道：「你懂什麼？」

郭大路笑道：「我雖然不懂下棋，但卻懂得輸了棋的人，毛病總是特別多些的。」

燕七道：「誰的毛病多？」

郭大路道：「你！所以輸棋的人一定是你。」

王動笑道：「答對了。」

他笑容剛露出來，突又僵住。

那青衣婦人正穿過碎石小路走過來，手托的木盤上，有三碗熱茶。

王動扭過了頭，不去看她。

王動沒聽見。

青衣婦人第一盞茶就送到他面前，柔聲道：「這是你最喜歡喝的香片，剛泡好的。」

青衣婦人道：「你若想喝龍井，我還可以再去泡一壺。」

王動還是沒聽見。

青衣婦人將一盞茶輕輕放到他面前，道：「今天中午你想吃點什麼？包餃子好不好？」

王動突然站起來，遠遠的走開了。

青衣婦人看著他的背影，發了半天怔，彷彿帶著滿懷委曲，滿腔幽怨。

郭大路忍不住道：「包餃子好極了，只怕太麻煩了些。」

青衣婦人這才回過頭來，勉強笑了笑，道：「不麻煩，一點也不麻煩。」

她放下茶碗，慢慢的轉過身，慢慢的走回去，走了兩步，又忍不住回過頭看了王動一眼。

王動就好像根本沒有感覺到她這人存在。

青衣婦人垂下頭，終於走了，雖然顯得很難受，卻一點也沒有埋怨責怪之意。

王動無論怎麼樣對她，她都可以逆來順受。

這又是爲了什麼？

郭大路目送著她走入屋子後，才長長嘆了口氣，道：「這個人變得真快。」

燕七道：「嗯。」

郭大路道：「別人說，江山易改，本性難移，我看這句話並不太正確，她這個人豈非就徹徹底底的完全變了。」

燕七道：「因爲她是個女人。」

郭大路道：「女人也是人，這句話豈非是你常常說的。」

燕七也嘆了口氣，道：「但女人到底還是跟男人不同。」

郭大路道：「哦？」

燕七道：「女人爲了一個她所喜歡的男人，是可以完全將自己改變的。男人爲了喜歡的女人，就算能改變一段時候，改變的也是表面。」

郭大路想了想，道：「這話聽來好像也有道理。」

燕七道：「當然有道理——我說的話，句句都有道理。」

郭大路笑了。

燕七瞪眼道：「你笑什麼？你不承認？」

郭大路道：「我承認，無論你說什麼，我都沒有不同意的。」

這就叫，一物降一物，青菜配豆腐。

郭大路天不怕，地不怕，但一見到燕七，他就沒法子了。

這時王動才走回來，坐下，還是臉色鐵青。

郭大路道：「人家好心送茶來給你，你能不能對她好一點？」

王動道：「不能。」

郭大路道：「難道你真的一看見她就生氣？」

王動道：「哼。」

郭大路道：「為什麼？」

王動道：「哼。」

郭大路道：「就算紅娘子以前不太好，但現在她已經不是紅娘子了，你難道看不出她已完全變了個人？」

燕七立刻幫腔道：「是呀，現在看見她的人，有誰能想得到她就是那救苦救難的紅娘子？」

那又小心、又周到、又溫柔、又能忍受的青衣婦人，居然就是紅娘子。

的確沒有人能想到。

郭大路道：「有誰能夠想得到，我情願在地上爬一圈。」

燕七道：「我也爬。」

王動板著臉，冷冷道：「你們若要滿地亂爬，也是你們的事，我管不著。」

燕七道：「可是你……」

王動道：「這局棋你認輸了沒有？」

燕七道：「當然不認輸。」

王動道：「好，那麼廢話少說，快下棋。」

郭大路嘆了口氣，喃喃道：「看來這人的毛病比燕七還大，這盤棋他不輸才是怪事。」

這局棋果然是王動輸了。

他本來明明已將燕七的棋封死，但不知怎麼一來，他竟莫名其妙的輸了。

輸了七顆子。

王動看著棋盤，發了半天怔，忽然道：「來，再下一局。」

燕七道：「不來了。」

王動道：「非來不可，一局棋怎麼能定輸贏？」

燕七道：「再下十局，你還是要輸。」

王動道：「誰說的？」

郭大路搶著道：「我說的，因爲你不但有毛病，而且毛病還不小。」

王動站起來就要走。

郭大路拉住了他，大聲道：「爲什麼我們一提起這件事，你就要落荒而逃？」

王動道：「我爲什麼要逃？」

郭大路道：「那就得問你自己了。」

燕七悠然道：「是呀，一個人心裡若沒有虧心的地方，別人無論說什麼，他都用不著逃的。」

王動瞪著他們，忽然用力坐下去，道：「好，你們要說，大家就說個清楚，我心裡有什麼虧心的地方？」

郭大路道：「我先問你，是誰要她留下來的？」

王動道：「不管是誰，反正不是我。」

郭大路說道：「當然不是你，也不是我，更不是燕七。」

沒有人要紅娘子留下來，是她自己願意留下來的。

她本來可以走。

若換了別人，在那種情況下，一定會先逼著她說出那批藏寶的下落，然後很可能就殺了她。

但郭大路他們不是這種人。

他們絕不肯殺一個已沒有反抗之力的人，更不願殺一個女人。

尤其不會殺一個不但沒有反抗之力，更有悔罪之心的女人。

任何人都看得出紅娘子已被感動了——被他們那種偉大的友誼感動了。

她已明白世上最痛苦的事並不是沒有錢，而是沒有朋友。

她忽然覺得以前所做的那些事，所得的唯一代價就是孤獨和寂寞。

因為她已是個三十多歲的女人。

她已能瞭解孤獨和寂寞是多麼可怕的事。

她也已瞭解世上所有的財富，也塡不滿一個人心裡的空虛。

那絕不是一個十八九歲的女孩子所能瞭解的。

所以紅娘子沒有走。

郭大路道：「你說過，你們那幾年的收穫不少。」

王動道：「嗯。」

郭大路道：「你也說過，無論誰有了那筆財富，都可以像皇帝般享受一輩子。」

王動道：「哼。」

郭大路道：「但她卻寧可放棄那種帝王般的生活，寧可到這裡來服侍你，她瘋了嗎？」

燕七道：「她當然沒有瘋，何況就算是瘋子，也不會做這種事的。」

郭大路道：「所以就算是呆子，也應該明白她的意思，也應該對她好些。」

紅娘子並不是沒有走出這屋子過。

她出去過五六天。

回來時，帶回來個小小的包袱，包袱裡有幾件青布衣服，幾樣零星的東西。

那就是她剩下的所有財產了。

其他的呢？

她居然已將那筆冒了生命危險得來的財富，全都捐給了黃河沿岸，正在鬧水災的幾省善堂。

這種事簡直令人無法相信。

王動的臉色還是鐵青著的。

郭大路道：「難道現在你還不相信她？」

燕七道：「我們甚至已特地去爲你打聽過，難道我們也會幫著她騙你？」

郭大路道：「難道現在你還看不出她這樣做是爲了什麼？」

燕七道：「她當然是在贖罪。但最重要的，還是因爲她想感動你，讓你回心轉意。」

郭大路道：「假如有人這樣對我，無論她以前做過什麼事，我都會原諒她的。」

王動沉默著，一直沒有說話。

過了很久，他才抬起頭，道：「你們說完了嗎？」

郭大路道：「該說的都已說完了。」

燕七道：「甚至連不該說的都說了，現在只看你怎麼做。」

王動道：「你們要我怎麼樣做？跪下來，求她嫁給我？」

郭大路道：「那倒也不必，只不過……只不過……」

燕七替他接了下去，道：「只不過要你對她稍微好一點就行了。」

王動看看郭大路，又看看燕七，忽然長長嘆了口氣，道：「你們很好，都很好……」

這句話還沒有說完，他就站起來走了。

這次他走得很慢，但郭大路反而沒有拉他，因爲王動一向很少嘆氣。

太陽漸漸昇高，將他的影子長長的拖在地上。

他的背好像已有點彎，背上好像壓著很重的擔子。

郭大路和燕七從未看見過他這樣子，忽然覺得自己的心情也沉重了起來。

也不知過了多久，他們又聽見一陣很輕的腳步聲，抬起頭，就看到紅娘子已站在他們面前。

郭大路勉強笑了笑，道：「坐，請坐。」

紅娘子就坐了下來，端起她剛才倒給王動的茶，喝了一口，又慢慢的放下，忽然道：「你們剛才說的話，我全都聽見了。」

郭大路道：「哦。」

除了這個「哦」字外，他實在想不出應該說什麼。

紅娘子輕輕道：「你們對我的好意，我很感激，可是……」

郭大路和燕七在等著她說下去。

過了很久，紅娘子才慢慢的接著道：「可是我跟他之間的事，你們還不太瞭解。」

郭大路和燕七誰也沒有表示意見。

他們當然不能說自己對別人的事很瞭解——誰也不能這麼說。

紅娘子垂下頭，道：「我們以前本來……本來非常要好，非常好……」

她聲音似已有些哽咽，長長吐出口氣，才接著道：「這次我留下來，正如你們所說，是希望能使他回心轉意，重新過像以前那樣的日子。」

郭大路忍不住道：「你對以前那段日子，真的還很懷念？」

紅娘子點點頭，黯然道：「可是現在我才知道，過去的事就已過去，就像是一個人的青春一樣，去了就永遠不會再回頭。」

說到這裡，她眼淚似已忍不住要流下。

郭大路心裡忽然也覺得一陣酸楚，想說話，卻不知該說什麼。他看著燕七，燕七的眼圈兒似也有些發紅。

紅娘子以前雖然傷害過他們，暗算過他們，但現在他們早已忘了，只記得紅娘子是個一心想回頭的可憐女人，他們心裡只有同情，絕沒有仇恨。

沒有人能比郭大路他們更容易忘記對別人的仇恨。

又過了很久，紅娘子才總算勉強將眼淚忍住，輕輕道：「但你們若以為他真是個鐵石心腸的人，你們就錯了，他愈這樣對我，就愈表示他沒有忘記我們以前的情感。」

燕七忽然點點頭，道：「我瞭解。」

他真的瞭解，人與人之間的關係往往很微妙。

人們互相傷害得愈深，往往只因他們相愛得更深。

紅娘子輕輕的接著又道：「他對我若是很好，很客氣，我心裡反而更難受。」

燕七柔聲道：「我瞭解。」

紅娘子道：「就因爲他以前對我太好、太真，所以才會覺得被我傷害得很重——所以現在他才會這麼樣恨我。」

郭大路道：「他怎麼會恨你？」

紅娘子悽然一笑，道：「他恨我，我反而高興，因爲，他以前若不是真的對我好，現在又怎麼會恨我？」

郭大路終於點了點頭，道：「我懂。」

紅娘子道：「你若在一個人臉上刺了一刀，刺得很深，那麼他臉上必定留下一條很深的刀疤，永遠也不會平復。」

她黯然接著道：「心上的刀痕也一樣，所以我知道我們是永遠無法恢復到以前那樣子了，就算還能勉強相聚在一起，心裡也必定會有層隔膜。」

郭大路道：「可是……你們至少還可以做個朋友。」

紅娘子道：「朋友？……」

她笑得更悽涼，道：「任何兩個人都可能成爲朋友，但他們以前若是相愛過，就永遠也無法成爲朋友了，你說是不是？」郭大路只有承認。

紅娘子忽然站起來，道：「但無論如何，你們都是我的朋友，我永遠都不會忘了你們。」

郭大路這才看見她手裡提著個小小的包袱，動容道：「你想走？」

紅娘子悽然道：「我若勉強留下來，不但他心裡難受，我也難受，我想來想去，才決定還不如走了好。」

郭大路道：「可是你……你有沒有打算，準備到哪裡去呢？」

紅娘子道：「沒有打算。」

她不讓別人說話，很快的接著又道：「但你們可以放心，像我這樣的人，有很多地方都可以去的，所以你們爲了他，爲了我，都最好不要攔住我。」

郭大路看看燕七，燕七在發怔。

紅娘子看著他們，目中彷彿充滿了羨慕之意，柔聲道：「你們若真的將我當做朋友，就希望你們能記住一句話。」

燕七道：「你說。」

紅娘子凝注著遠方，緩緩地道：「世上最難得的，既不是名聲，也不是財富，而是人與人之間的真情，你若得到了，就千萬要珍惜，千萬莫要辜負了別人，辜負了自己……」她聲音愈說愈低，低低的接著道：「因爲只有一個曾經失去過真情的人，才懂得它是多麼值得珍惜，才會瞭解失去它之後是多麼寂寞，多麼痛苦。」

燕七的眼圈兒真的紅了，忽然道：「你呢？你以前是不是以真情在對待他？」

紅娘子沉默了很久，才輕輕道：「我本來連自己也分不清。」

燕七道：「現在呢？」

紅娘子道：「我只知道他離開後，我總是會想起他，我……找過很多人，可是卻沒有一個人能代替他。」

這句話還沒有說完，她忽然以手掩面，狂奔而出。

郭大路想過去攔阻。

但燕七卻攔住了他，黯然道：「讓她走吧。」

郭大路道：「就這樣讓她走？」

燕七幽幽道：「走了也好，不走，彼此間反而更痛苦。」

郭大路道：「我只怕她會……會……」

燕七道：「你放心，她絕不會做出什麼事來的。」

郭大路道：「你怎麼知道？」

燕七道：「因爲她現在已知道王老大對她確是真心的，這已足夠。」

郭大路道：「足夠？」

燕七道：「至少這已足夠使一個女人活下去。」

他目中也已淚珠滿眶，輕輕接著道：「一個女人一生中，只要有一個男人的確是真心對她的，她這一生就沒有白活。」

郭大路凝視著他，良久良久，道：「你對女人好像瞭解得很多。」

燕七扭過頭，目光移向遠方。

天空碧藍，陽光燦爛。

碧藍的天空下，忽然有一道淺紫色的煙火，沖天而起。

燕七皺了皺眉，道：「這種時候，怎麼會有人放煙火？」

燕七回過頭，就看見王動也站在屋簷下，看著這道煙火。

風吹過，紫色的煙火隨風而散。

郭大路道：「只要人家高興，隨時隨地都可以放煙火，這一點也不稀奇。」

燕七似在沉思著，喃喃道：「是不是就好像隨時隨地都可以放風箏一樣？」

郭大路沒有聽清楚，正準備問他在說什麼。

忽然間，王動已衝到他們面前，道：「她呢？」

「她」自然就是紅娘子。

郭大路道：「她已經走了，因爲她覺得你……」

王動大聲打斷了他的話道：「她什麼時候走的？」

郭大路道：「剛走……」

這兩個字剛說完，王動的人已橫空掠起，只一閃，就掠出牆外。

郭大路笑了，道：「原來他對她還是很好，她根本不必走的。」

他搖著頭，笑著道：「女人爲什麼總是這樣喜歡多心？」

燕七臉上卻連一絲笑意也沒有，沉聲道：「你以爲那煙火真是放著玩的？」

郭大路道：「難道不是？」

燕七嘆了口氣，道：「江湖中的勾當，看來你真的連一點也不懂。」

郭大路道：「我本來就不是個老江湖。」

燕七道：「假如我們要對付一個人，你在這裡守著他，我在山下，你有了他的消息時，用什麼法子來通知我？」

郭大路道：「不會的。」

燕七道：「不會的？這是什麼意思？」

郭大路道：「這意思就是說，像這種情況根本就不會有。」

燕七道：「爲什麼？」

郭大路眨眨眼，道：「因爲你若在山下守著，我一定也在山下。」

燕七眼睛裡露出了溫柔之色，但臉卻板了起來，道：「我們現在說的是正經事，你能不能好好地說幾句正經話？」

郭大路道：「能。」

他想了想，才接著道：「山上和山下的距離不近，我就算大喊大叫，你也未必聽得到。」

燕七冷冷道：「聰明聰明，你真聰明極了。」

郭大路笑了，又想了想，才說道：「我可以叫別人去通知你。」

燕七道：「若沒有別的人呢？」

郭大路道：「我就自己跑下山去。」

燕七瞪著他，板著臉道：「你腦袋裡裝的究竟是什麼？稻草？木頭？」

郭大路笑道：「除了稻草和木頭之外，還有一腦門子想逗你生氣的念頭，我總覺得你生起氣來的樣子，像個十七八歲的小姑娘。」

他不讓燕七開口，搶著又道：「其實我當然明白你的意思，你認爲那煙火也跟風箏一樣，是江湖中人傳遞消息的訊號。」

燕七還在瞪著他，過了很久，才長長嘆了口氣，道：「我總有一天非被你活活氣死不可。」

就在這時，山下忽然也有一道紫色的旗花煙火沖天而起。

郭大路的神色也變得正經起來了，道：「以你看，是不是有江湖人到了我們這裡？」

燕七道：「而且還不止一個。」

郭大路道：「你認爲他們是來對付紅娘子的？」

燕七道：「我不知道，但王老大卻必定是這麼想法，所以他才會趕過去。」

郭大路動容道：「既然如此，我們還等在這裡幹什麼？」

燕七道：「因爲我還要跟你商量一件事。」

郭大路道：「什麼事？」

燕七道：「這次你能不能不要跟著我，讓我一個人去……」

他的話還沒有說完，郭大路已用力搖著頭，道：「不能。」

燕七皺皺眉道：「我們若全走了，誰留在這裡陪小林？」

他們當然不能將林太平一個人留在這裡。

經過了上次的教訓後，現在無論對什麼事，他們都份外小心。

郭大路沉吟著，道：「這次你能不能讓我走，你留在這裡？」

燕七也立刻搖頭道：「不能。」

郭大路道：「爲什麼？」

燕七的聲音忽然變得溫柔起來，道：「你的傷本來就沒有完全好，再加上你又死不要命，不等傷好之後，就一個人偷偷溜下去喝酒……」

郭大路道：「誰一個人偷偷喝酒？難道我沒有帶酒回來……」

燕七沉著臉，道：「不管怎麼樣，你現在還不能跟別人交手。」

郭大路道：「誰說的？」

燕七瞪著眼道：「我說的，你不服氣？」

郭大路道：「我……我……」

燕七道：「你若不服氣，先跟我打一架怎麼樣？」

郭大路攤開雙手，苦笑道：「誰說我不服氣，我服氣得要命。」

他捧起那張擺棋盤的小桌子，喃喃道：「你快走吧，我去找小林下盤棋，他的狗屎棋剛好跟我差不多。」

燕七看著他走過去，目光又變得說不出的溫柔，溫柔得就像是剛吹融大地上冰雪的春風一樣。

現在正是春天。

春天本就是屬於多情兒女們的季節。

春天不是殺人的季節。

春天只適於人們來聽音樂般的啁啾鳥語，多情叮嚀，絕不適於聽到慘呼。

但就在這時，他聽到一聲慘呼。

一個人垂死時的慘呼。

三

世上有些地方的春天，到得總好像特別遲些。

還有些地方甚至好像永無春天。

其實你若要知道春天是否來了，用不著去看枝頭的新綠，也用不著去問春江的野鴨。

你只要問你自己。

因爲真正的春天既不在綠枝上，也不在暖水中。

真正的春天就在你心裡。

鋼刀下是永遠沒有春天的。

血泊中也沒有。

一個人臥在血泊中，呼吸已停止，垂死前的慘呼也已斷絕。

刀還被緊緊握在他手。

一柄雪亮的鬼頭刀！醜惡，沉重！

九個人，九柄刀！

九個人手裡緊握著刀，將紅娘子圍住。

風中瀰漫著令人嘔吐的血腥氣，春天本已到了這暗林中，現在卻似又已去遠。

九個剽悍、矯健、目光惡毒的黑衣人——一個已倒臥在血泊中。

紅娘子看著他們，臉上又露出了那種「救苦救難」的媚笑，纖纖的手指向血泊中指了指，媚笑道：「這位是老幾？」

七個人緊咬著牙，只有一個最瘦的黑衣人從牙縫裡吐出兩個字：「老八。」

紅娘子搬著手指，道：「第一個死的好像是老六，然後是老二、老九、老十，再加上老八——唉，十三把大刀，如今已只剩下八把刀子。」

黑衣人道：「不錯，十三把刀已有五兄弟死在你們手裡。」

他喉間發出野獸般的低吼，厲聲道：「但八把刀還是足夠將你剁成肉泥。」

紅娘子笑了，笑聲如銀鈴。

八個人中有三個忽然不由自主，向後退了半步。

紅娘子銀鈴般的笑道：「美人要活色生香的才好，像我這麼樣個活色生香的美人，剁成肉泥豈非可惜？」

她眼波流動，從倒退的三個人臉上瞟過，媚笑道：「你們總該知道我有些什麼好處的，爲什麼不告訴你的兄弟們？你們真自私……死人已不會說話，你們難道也不會？」

這三人臉色都變了，突然揮刀撲過來。

那最瘦最高的黑衣人忽然一聲低叱：「住手！」

他顯然是這十三把刀的第一把刀，叱聲出口，刀立刻在半空中停住。

紅娘子嬌笑道：「你們看，我就知道你們的趙老大也捨不得殺我的，他雖然不是個憐香惜玉的人，但一個女人的好壞，他至少還懂得。」

趙老大沉著臉，緩緩道：「你很好，我的確捨不得殺你，因爲捨不得讓你死得太快。」

紅娘子眼波流動，笑得更媚，柔聲道：「你要我什麼時候死，我就什麼時候死，你要我怎麼死，我就怎麼死，你知道什麼事我都情願爲你做的。」

趙老大道：「好，很好。」

一個人要做老大，話就不能太多。

因爲愈不說話的人，說出來的話就愈有價値。

趙老大也不是一個喜歡多話的人，他說話簡短而有效。

「你殺了我們五個兄弟，我們砍你五刀，這筆賬就從此抵銷。」

紅娘子眨眨眼，道：「只砍五刀？」

趙老大道：「嗯。」

紅娘子道：「連利息都不要？」

趙老大道：「嗯。」

紅娘子嘆了口氣：「這倒也不能算不公平，我也很願意答應，何況現在你們八個對付我一個，我想不答應也不行。」

趙老大道：「你明白最好。」

紅娘子道：「我雖然很明白，只可惜一樣事。」

趙老大道：「什麼事？」

紅娘子道：「我怕疼。」

她看著他們手裡的刀，臉上露出可憐兮兮的表情，說道：「這麼大的刀，砍在人身上，一定很疼的。」

趙老大道：「不疼。」

紅娘子道：「真的不疼？」

趙老大道：「至少第二刀就不會疼了。」

紅娘子好像還聽不懂的樣子，道：「你保證？」

趙老大道：「我保證。」

紅娘子道：「有你保證，我當然放心得很，但我也有個條件。」

趙老大道：「你說。」

紅娘子道：「第一刀一定要你來砍。」

她水靈靈的一雙眼睛瞟著趙老大，又道：「因爲我不信任別人，只信任你。」

趙老大道：「好。」

他慢慢的走過來，腳步很重，幾乎已可聽到腳底踩碎沙石的聲音。

刀還是垂著的。

他的手寬大而瘦削，手背上一根根青筋凸起。

他已使出了十分力。

「第二刀絕不會疼的。」

這一刀砍下去，任何人都不可能再有疼的感覺——不可能再有任何感覺。

紅娘子居然閉上了眼睛，臉上還是帶著那種令人銷魂的微笑，道：「來吧，快來。」

刀光一閃，帶著尖銳的風聲砍下來。

紅娘子突然自刀光下鑽過，閃動的刀光中飛起一片烏絲。

她頭髮已被削去了一大片。

可是她的手，卻已托起了趙老大的肘，另一隻手就按在他肋下的穴道上。

誰也沒有分辨出那是什麼穴，但誰都知道那必定是個致命的穴道。

每個人的臉上看來，都像是被人重重在小腹上踢了一腳。

紅娘子還在笑。

那種要命的笑。

她銀鈴般笑道：「你現在總該明白我為什麼一定要你先動手了吧，因為我早就知道你的手會軟的，我早已知道你已看上了我。」

趙老大的手並沒有軟。

他那一刀還是很快，很狠。

只不過他一刀砍下時，竟忘了刀下的空門——在一個已閉上眼等死的女人面前，誰都難免會變得粗心大意些的。

他又得到個教訓：

「你若要殺人，得隨時隨刻防備著別人來殺你。」

這當然不是件愉快的事。

「你若要殺人，得準備過一生緊張痛苦的日子。」

趙老大嘆了口氣，道：「你想怎麼樣？」

紅娘子笑道：「也不想怎麼樣，只不過想跟你談筆生意。」

趙老大道：「什麼生意？」

紅娘子道：「用你的一條命，來換我的一條命。」

趙老大道：「怎麼換？」

紅娘子笑道：「這簡單得很，我若死了，你也休想活著。」

趙老大道：「我若死了呢？」

紅娘子甜甜的笑道：「你若死了，我當然也活不下去，但我怎麼捨得讓你死呢？」

趙老大想了想，道：「好。」

誰也沒聽懂這「好」字是什麼意思，只看見他手裡的刀突又砍下。

一刀砍在他自己的頭上。

紅娘子是個老江湖。

老江湖若已托住了一個人的手時，當然已算準了他手裡的刀已無法傷人。

紅娘子算得很準，只不過忘了一件事。

趙老大手裡的刀雖沒法子砍著她，卻還是可以彎回手砍自己。

她只顧著保全自己的命，就忘了保全別人的命。

她以爲別人也跟她一樣，總是將自己的命看得比較重些。

卻忘了有些人爲了愛或仇恨，是往往會連自己性命都不要的。

愛和仇恨的力量，往往比什麼都大。

大得絕非她所能想像。

鮮血飛濺。

暗赤色中帶著乳白色的血漿飛濺出來，雨點般濺在紅娘子臉上。

紅娘子的眼瞼已被血光掩住——只看到趙老大的一雙充滿了憤怒和仇恨的眼睛，忽然死魚般凸了出來，然後就被血光掩住。

她立刻聽到一片野獸落入陷阱時的驚怒吼聲。

悽厲的刀風，四面八方向她砍了下來。

她躍起，閃避，勉強想張開眼睛。

但她還是連刀光都看不見，只能看得到一片血光。

她再躍起，只覺得腿上一涼，好像並不太疼，但這條腿上的力量卻突然消失。

她身子立刻要往下沉。

她知道這一沉下去，就將沉入無邊的黑暗，萬劫不復。

奇怪的是，她心裡並沒有感覺到恐懼，只覺得有種奇異的悲哀。

她忽然又想起了王動。

一個人在臨死前的一刹那，心裡在想著什麼？

這句話也許沒有人能答覆。

因爲每個人在這種時候，想起的事都絕不會相同。這時，忽然嘯聲響起。

她想的是王動，想起了王動那張冷冰冰的臉，也想起了王動那顆火熱的心。

她臉上忽然露出一絲微笑，就好像覺得，只要能聽到這嘯聲，死活都無關緊要。

嘯聲清亮，如鷹唳九霄，盤旋而下。

紅娘子的人也已沉下。

她忽然有了種放鬆的感覺，覺得已可以放鬆一切，因爲這時一切事都已無關緊要。

她就這樣沉了下來，倒在地上，甚至連眼睛都懶得張開，幸好她眼睛沒有張開。

她若看到現在的情況，心也許會碎，腸也許會斷，膽也許會裂。

閃亮的刀光交織，砍向紅娘子。

突然間，一個人帶著長嘯自林梢衝下，衝入刀光。

他似已忘了自己是個有血有肉的人，也忘了刀是用以殺人的。

他就這樣衝入刀光。

刀光中又濺起了血光。

有人在驚呼：「鷹中王。」

「鷹中王還沒有死。」

有人在怒罵：「現在就要他死。」

王動當然可能死，這點他知道。

但他也知道，只要他活著，就沒有人能在他面前要紅娘子死。

以他的血肉之軀，擋住了殺人的刀，擋在了紅娘子的身前。

刀雖然鋒利而沉重，但他絕不退後。

這種勇氣不但值得尊敬，而且可怕，非常的可怕。

燕七來的時候，他身上已有了七八處刀傷，每一道傷口都在流著血。

任何人的勇氣，往往都會隨著血流出來。

他沒有。

燕七看到他的時候，心雖沒有醉，腸雖沒有斷，但鮮血已衝上頭頂，衝上咽喉。

在這一瞬間，他忽然也忘了自己的死活。

勇氣是從哪裡來的呢？

有時是為了榮譽，有時是為了仇恨，有時是為了愛情，有時是為了朋友。

無論這勇氣是怎麼來的，都同樣值得尊敬，都同樣可貴。

四

郭大路也來了。

無論為了什麼，無論在任何情況下，他都不會讓朋友去拚命，自己卻留在屋裡下棋的。

只可惜他來的時候，血戰已結束。

地上只有九柄刀。

有的刀躺在血泊中，有的刀嵌在樹上，有的刀鋒已捲，有的刀已折斷。

王動正在看著紅娘子腿上的刀傷，已渾忘了自己身上的刀傷。

燕七靜靜看著他們，目光中也不知是欣喜，還是悲傷。

郭大路悄悄走過去，悄悄道：「人呢？」

燕七也同時在問：「人呢？」

郭大路道：「你問的是誰？」

燕七道：「小林。」

郭大路說道：「我當然不會留下小林一個人在屋裡的。」

燕七道：「你帶他來了？」

郭大路點點頭，回答道：「他就坐在那邊的大樹上面。」

從那邊的樹上看過來，可以看到這裡的一舉一動，但這裡的人卻看不見他。

躲避不但要有技巧，也是種藝術。

「在正確的時間裡，找個正確的地方。」這就是「躲藏」這兩個字全部意義的精粹。

郭大路道：「我問的是那些拿刀的人。」

燕七道：「他們都走了。」

郭大路在地上拾起那刀，掂了掂，帶著笑道：「難怪他們要將刀留下了，這麼重的刀拿在手裡，的確跑不快。」

燕七道：「不錯，因爲他們本就不是常常會逃走的人。」

郭大路道：「你認得他們？」

燕七道：「不認得，但卻知道，十三把大刀在關內關外都很有名。」

郭大路道：「有名的強盜？」

燕七道：「也是有名的硬漢。」

郭大路道：「但硬漢這次卻逃了。」

燕七道：「你以爲他們怕死？」

郭大路道：「若不怕死，爲什麼要逃？」

燕七看著王動，道：「他們怕的並不是死，而是有些人那種令人不能不害怕的勇氣。」

他慢慢的接著道：「也許他們根本不是害怕，而是感動……他們也是人，每個人都可能有被別人感動的時候。」

郭大路沉默了半晌，忽又問道：「他們怎麼知道紅娘子在這裡？」

燕七道：「催命符他們死在這裡的消息，江湖中已有很多人知道。」

郭大路嘆了口氣，道：「江湖中的消息，傳得倒真快。」

燕七道：「江湖人的耳朵本來就很靈，何況仇恨往往能使一個人的耳朵更靈。」

郭大路道：「他們的仇結得這麼深？」

燕七道：「十三把刀和催命符本來也可算是同夥，但紅娘子卻出賣了他們。有一次他們被人圍攻的時候，紅娘子居然……」

郭大路忽然打斷了他的話，道：「這種狗咬狗的事，我也懶得聽了。」

燕七道：「你想聽什麼？」

郭大路看著王動和紅娘子，日中漸漸露出一種柔和的光輝，緩緩道：「現在我只想聽一點可以令人心裡快樂的事，令人快樂的消息，譬如說……」

燕七看著他，目光也漸漸溫柔，柔聲道：「譬如說什麼？」

郭大路道：「譬如說，春天的消息。」

燕七的聲音更溫柔，道：「你已用不著再問春天的消息。」

郭大路道：「爲什麼？」

燕七道：「因爲春天已經來了。」

郭大路眨眨眼，笑道：「已經來了麼？在哪裡？我怎麼看不見？」

燕七轉頭去看王動和紅娘子，柔聲道：「你應該看見的，因爲它就在這裡。」

郭大路的聲音也很溫柔，輕輕道：「不錯，它的確就在這裡。」

他看著的卻是燕七。

燕七的眼睛。

他忽然發見，春天就在燕七的眼睛裡。

廿八　黃金世界

一

病人是種什麼樣的人呢？

這名詞也像很多別的名詞一樣，有很多種不同的解釋。

有的人解釋：

病人就是種生了病的人。

這種病人當然無可非議，但卻還不夠十分正確。

有時沒病的人也是病人。

譬如說，受了傷的人，中了毒的人，你能不把他們算做病人嗎？

不能。

二

還是春天。

三月，正是草長鶯飛的濃春。

白雪已溶盡，地上一片綠，山頭上也一片綠。

郭大路正坐在綠蔭下發怔。

他是真的發怔，因爲連燕七走過來的時候，他都沒有注意。

燕七本來可以嚇他一跳，本來也很想嚇他一跳的。

但是看到他的樣子，燕七就不忍嚇他了。

他是什麼樣子呢？

一臉吃也沒吃飽，睡也沒睡足的樣子，而且已瘦了很多。

燕七輕輕嘆了口氣，悄悄地走過去，走到他面前時，臉上就露出笑意，問道：「喂，你在發什麼怔？」

郭大路抬起頭，看了他半天，忽然道：「你知不知道病人是種什麼樣的人？」

燕七道：「是種生了病的人。」

郭大路搖搖頭。

燕七道：「不對？」

郭大路道：「至少不完全對。」

燕七道：「要怎麼說才算對？」

郭大路想了想，道：「在孩子們的眼中，只要是躺在床上不能動的人，就是病人，這種人並不一定有病。」

燕七道：「你也不是孩子。」

郭大路嘆了口氣，道：「在我眼中看來，病人只不過是種特別會花錢的人。」

燕七道：「這是什麼話？」

郭大路道：「這是真話。」

他說的確實是真話。

病人雖然不能喝酒，但卻要吃藥。

不但要吃藥，而且還要吃補品，這些東西通常都比酒貴。

燕七當然也知道這是真話，因爲這地方現在有三個病人。

林太平的傷還沒有好，又多了紅娘子和王動。

燕七板起了臉，道：「就算真是實話你也不該這麼樣說的。」

郭大路苦笑道：「我的確不該這麼樣說的，但卻不能不說。」

燕七道：「爲什麼？」

郭大路道：「因爲我現在已經快變成個死人了。」

燕七道：「死人？」

郭大路望著面前的一疊東西，苦著臉道：「照這樣下去，用不著兩天，我想不跳河都不行。」

他面前擺著的是一大疊賬單。

賬單的意思就是別人要問他要錢的那種單子。

郭大路從中間抽出了一張，唸著道：「精純燕窩五兩，紋銀十二兩正。」

他將這單子重重一摔，長嘆道：「一隻鳥做的窩居然能這麼値錢，早知道這樣子，我倒不如變成隻鳥算了，也免得被藥舖的人來逼賬。」

燕七嫣然一笑，道：「你本來就是隻鳥，呆鳥。」

郭大路嘆氣的聲音更長，道：「我相信就算是真的呆鳥，也絕不會來管賬。」

燕七眨眨眼，道：「誰叫你來管賬的？」

郭大路指著自己的鼻子，說道：「我——我這隻呆鳥。」

的確是他自己搶著要管賬的。

林太平、紅娘子和王動都已不能動，能動的人只剩下他跟燕七兩個，要做的事卻有很多。

燕七問他道：「你是要管家，還是管賬？」

郭大路連想都沒有想，就搶著道：「管賬。」

在他想來，管賬比煮藥燒粥侍候病人容易得多，也愉快得多。

現在他才知道自己錯了，錯得很厲害。

郭大路苦笑道：「我本來以爲天下再也沒有比管賬更容易的事了。」

燕七眨眨眼，道：「哦？」

郭大路道：「因爲以前那幾個月裡，我們根本沒有賬可管。」

燕七笑道：「就算有賬，也是筆糊塗賬。」

郭大路道：「一點也不錯。」

他又嘆了口氣，接著道：「那時我們有錢，就去吃一點，喝一點，沒錢就憋著，就算整天不吃不喝都沒關係。」

燕七道：「那時我們至少還可以大夥兒一齊出主意，去找錢。」

郭大路道：「但現在卻不同了。」

燕七慢慢的點了點頭，也不禁長嘆了一聲，道：「現在的確不同了。」

病人既不能餓著，更不能不吃藥。

所以不管他們有錢沒錢，每天都有筆固定的開支是省不了的。

那筆開支還真不少。

出主意去找錢的人反而連一個都沒有了。

燕七要忙著去照顧病人，郭大路要拚命動腦筋去賒賬。

郭大路嘆道：「我只奇怪一件事。」

燕七道：「什麼事？」

郭大路道：「我雖然沒有在江湖中混過，但江湖好漢的故事卻也聽過不少，怎麼從來沒有聽過有人為錢發愁的？」

他苦笑著，又道：「那些人好像隨時都有大把大把的銀子往外掏，那些銀子就好像是從天上掉下來的。」

燕七想了想，道：「以後若有人說起我們的故事，也絕不會說我們爲錢發愁的。」

郭大路道：「爲什麼？」

燕七道：「因爲說故事的人總以爲別人不喜歡聽這些事。」

郭大路道：「但這卻是真事。」

燕七道：「真事雖然是真事，但這世上敢說真話的人卻不多。」

郭大路道：「爲什麼不敢說？怕什麼？」

燕七道：「怕別人不聽。」

郭大路道：「難道那些說故事的人都是呆子，難道他們不明白真事也一樣有人喜歡聽的？」

他想了想，又補充著道：「那些神話傳說般的故事，聽起來也許比較過癮些，但真的事卻一定更能感動別人，只有真能感動人心的故事，才能永遠存在。」

燕七笑了笑，道：「這些話你最好去說給那些說故事的人去聽。」

郭大路道：「你是不是懶得聽？」

燕七道：「是。」

郭大路道：「你想聽什麼？」

燕七道：「我只想聽聽，我們現在究竟已虧空了多少？」

郭大路嘆了口氣，道：「不多——還不到一萬兩銀子。」

一萬兩銀子的虧空在某些人的眼中看來，的確不算多。

在郭大路有錢的時候看來，這虧空也不能算多。

問題並不在虧空了多少，而在你有多少。

燕七道：「這一萬兩銀子的賬，是不是都急著要還的？」

郭大路道：「要賬的人已經逼得我要跳河了，你說急不急？」

燕七道：「現在我們手頭還剩多少？」

郭大路嘆道：「不少……再加三錢，就可以湊足一兩銀子了。」

燕七也開始發怔。

一兩銀子和一萬兩銀子的差別，就是差九千九百九十九兩銀子。

這筆賬人人都會算的。

所以燕七只有發怔。

怔了半天，他才長長嘆了口氣，道：「現在我才總算明白窮的意思了。」

郭大路道：「你直到現在才明白？」

燕七點點頭，道：「因爲以前我們雖然沒錢，但也不欠別人的債，所以那還不能算真窮。」

郭大路嘆道：「現在我只要能不欠別人的債，我情願在地上爬三天三夜。」

燕七道：「只可惜你就算爬三年，也爬不出一萬兩銀子來。」

郭大路道：「用不著一萬兩，只要九千九百多兩就行。」

燕七道：「問題是你怎麼去弄這九千九百多兩銀子呢？」

郭大路苦笑道：「我沒有法子。」

燕七道：「我也沒有。」

郭大路眨了眨眼，道：「我們爲什麼不能夠去做強盜？」

燕七道：「因爲我們不是做強盜的人。」

郭大路道：「要哪種人才能做強盜？」

燕七道：「不是人的那種人。」

郭大路道：「我們能不能劫富濟貧？」

燕七道：「不能。」

郭大路道：「爲什麼不能。劫富濟貧的又不是強盜，只能算是俠盜、英雄。」

燕七道：「你想去劫誰？」

郭大路道：「那些爲富不仁的奸商，剝削老百姓的貪官污吏。」

燕七道：「劫完了去濟誰的貧呢？」

郭大路道：「當然是先救咱們自己的急，濟咱們自己的貧。」

燕七淡淡道：「那就不是英雄，是狗熊了。」他接著又道：「就因爲世上很多人有這種狗熊想法，所以世上才會有這麼多強盜。」

也許世上大多數強盜，正都是從這種自己騙自己的想法中來的。

郭大路想了想，苦笑道：「照你這麼樣說，看來我們只有一條路可走。」

燕七道：「哪條路？」

郭大路道：「賴賬。」

燕七道：「你知不知道要哪種人才能賴賬？」

郭大路知道，所以他嘆了口氣，道：「不要臉的那種人。」

燕七道：「你能不能賴賬？」

郭大路道：「不能。」

何況他就算能賴賬也不行。

王動他們的傷還沒有好，還需要繼續吃藥，繼續進補。

你賴了這次賬，下次還有誰賒給你？

廿九　生財之道

郭大路又嘆了口氣，道：「照這樣說來，我們豈非已無路可走？」

燕七道：「誰說我們已無路可走？路本是人走出來的，只要你有決心，只要你肯走，就一定有路走。」

郭大路道：「這道理我明白，而且也說給別人聽過，可是現在……」

燕七道：「現在你是不是連自己都不相信了？」

郭大路道：「現在我只相信一件事。」

燕七道：「哪件事？」

郭大路道：「今天我若還沒有把欠的錢拿去送給人家，今天我們就得斷炊。」

世上有很多道理都很好。

只可惜無論多好的道理，也賣不了九千九百九十九兩銀子。

連一兩銀子都賣不了。

剛才是一個人發怔，現在是兩個人。

兩個人發怔比一個人更難受。

郭大路簡直已受不了，站起來兜了十七八個圈子，忽然叫了起來，道：「我想起一句話來了。」

燕七用眼角瞟了他一眼，道：「一句什麼話？」

郭大路道：「一句很有用的話。」

燕七道：「有什麼用？」

郭大路道：「至少可以用來救急。」

燕七道：「這麼樣說來，我倒也想聽聽了。」

郭大路道：「朋友有通財之義，這句話你想必也聽過的。」

燕七道：「你想去找別人借錢？」

郭大路道：「不是去找別人，是去找朋友。」

燕七道：「這世上只有一種人的朋友最少，你知不知道是哪種人？」

郭大路道：「哪種人？」

燕七道：「就是想去找朋友借錢的那種人。」

郭大路道：「我也不想去找很多朋友，只想去找一個。」

燕七道：「等你想去找朋友開口借錢的時候，你也許就會發現自己連一個朋友都沒有。」

郭大路道：「可是像我們這種朋友……」

燕七道：「若是像我們這種朋友，根本就用不著等你開口。」

郭大路道：「所以你認爲天下根本就沒有你可以開口借錢的朋友？」

燕七道：「一個也沒有。」

郭大路道：「我卻認爲有一個。」

燕七道：「誰？」

郭大路道：「酸梅湯。」

燕七板起了臉，連話都不說了。

郭大路道：「我不是要你去開口，我可以去，我總算幫過她的忙。」

燕七突又冷笑道：「世上也只有一種人會去找女人借錢。」

郭大路道：「你說的是哪種人？」

燕七冷冷道：「呆子！只有呆子才會認爲女人肯借一萬兩銀子給他。」

郭大路道：「我也知道女子總比男人小氣些，但在她的眼中看來，一萬兩銀子，應該算不了什麼的。」

燕七道：「的確算不了什麼，只不過是一萬兩銀子而已。」

郭大路道：「可是她並不小氣。」

燕七道：「再大方的女人也不會借錢給男人的。」

郭大路道：「為什麼？」

燕七道：「因為女人的想法不同。」

郭大路道：「有什麼不同？」

燕七冷冷道：「她們總認為肯向女人開口借錢的男人，一定是最沒出息的男人。肯借錢給男人的女人，也一樣沒出息。」

郭大路怔了半天，忽然笑了笑，道：「其實女人的想法究竟怎麼樣，也只有女人自己才知道，你又不是個女人。」

燕七板著臉，道：「我當然不是。」

郭大路笑道：「所以你也不知道，所以我還想去試試。」

燕七道：「若是去碰了釘子呢？」

郭大路嘆了口氣，道：「就算碰釘子，碰的也是石頭釘子，總比碰別人的鐵釘子好。」

他忽又笑了笑，喃喃道：「假如世上還有金釘子、銀釘子，我倒情願去多碰幾個。」

燕七的眼睛忽然亮了，忽然跳起來，大聲道：「你總算說了句真有用的話了。」

郭大路反而怔住，吶吶道：「我說了什麼？有什麼用？」

燕七道：「這句話非但真有用，而且還真值錢。」

郭大路更聽不懂。

燕七已從地上撿起了七八塊石頭，道：「你知不知道我的暗器功夫不錯？」

郭大路搖頭道：「不知道，你又沒有用暗器來對付過我。」

燕七道：「我若用暗器對付你，你能不能接住？」

郭大路道：「不一定。」

燕七道：「你想不想試試看？」

郭大路道：「不想。」

燕七道：「不想也不行，你非試試不可。」

他手裡的石頭忽然以「滿天花雨」的手法向郭大路打了過去。

真打了過去，一點也不客氣。

暗器中有種「滿天花雨」的手法，江湖中幾乎人人都知道，都聽過。

但真正看過這種手法的人已不多，真會用這種手法的當然更少。

現在郭大路總算看到了。

燕七非但真會用這種手法，而且還用的真不錯。

七八塊石子，暴雨般向郭大路打了過來。

郭大路轉身、錯步，避開了兩三塊石頭，又伸手接住了三四塊，卻還是有一兩塊打在他身上，打得他叫起來。

他瞪著燕七，大聲道：「你這是什麼意思？」

燕七笑道：「也沒什麼別的意思，只不過想要你去賺幾千兩銀子回來而已。」

郭大路又怔了怔，道：「用什麼去賺？」

燕七道：「用你的手。」

他笑了笑，接著又道：「你的手已經蠻靈的了，能接住我四件暗器的人已不多，只要再練幾次，去賺個幾千兩銀子簡直易如反掌。」

郭大路看著自己的手，愈看愈糊塗。

他實在看不出這雙手憑什麼能賺幾千兩銀子……若要他這雙手去輸個幾千兩銀子，那倒真是易如反掌。

他一把骰子就輸過幾千兩。

燕七又在那裡撿石頭。

郭大路忍不住問道：「你究竟想要我去幹什麼？去擲骰子騙人的錢？」

燕七笑道：「擲骰子你還能去騙誰的錢？你就是輸王之王。」

郭大路道：「除了擲骰子之外，還有什麼更快的法子？」

燕七道：「輸得更快的法子，確實沒有了，這次我是要你去贏的。」

郭大路道：「輸王之王怎麼能贏得了？」

燕七道：「只要你能一下子將我所有暗器接住，我就包你能贏得了。」

郭大路道：「若還是輸呢？我拿什麼輸給人家？」

燕七嘆了口氣，道：「這次你若還是輸，只怕就連命都得輸出去了。」

郭大路苦笑道：「我好像只有一條命可輸。」

燕七道：「所以，你非想法子接住我的這些暗器不可，若是你的手接不住，用嘴去咬，也得咬住它。」

要接住用「滿天花雨」這種手法發出的暗器，並不是件容易事。

郭大路接了三次，身上已捱了七下子，雖然不太重，但也打得骨頭隱隱發疼。

這次燕七居然一點也不心疼，又在那裡滿地撿石頭了。

郭大路只有在旁邊看著發怔。

直到現在爲止，他還摸不清燕七葫蘆裡賣的究竟是什麼藥，若是換了別人，只怕早就不幹了。

可是他信任燕七。

他相信就算天底下的人都要來整他的冤枉，燕七也絕不會幫著人家。

院子裡的小石頭並不多，燕七手裡捧著一滿把，還覺得不夠，又跑到牆角那邊去撿了。

郭大路摸著肩頭上被打得又痠又疼的地方，忍不住嘆了口氣。

要他一下子就接住這麼多暗器，他實在沒把握。

風中帶著花香，對面的桃花已快開放。郭大路抬起頭，忽然看到王動正坐在窗口，向他招手。

等燕七撿好石頭回轉身，他已跑到王動那邊去了，兩人一個在窗裡，一個在窗外，指手劃腳，嘀嘀咕咕，也不知在說些什麼。

燕七只有等著。

等了老半天，才看見郭大路施施然走了過來，背負著雙手，臉上的表情好像很得意的樣子。

王動還坐在窗口朝這邊看著，臉上也帶著笑，笑得好像很神秘。

燕七忍不住，問道：「你們兩個究竟在搗什麼鬼？」

郭大路眨了眨眼，道：「誰跟誰兩個？」

燕七道：「你跟王動。」

郭大路道：「哦，你說王動呀，他要我告訴你，今天晚上他想吃排骨燉蘿蔔。」

誰都看得出他在說謊。

郭大路說起謊來，臉上就好像掛著招牌一樣。

燕七瞪了他一眼，冷冷道：「說謊的人小心牙齒被人打掉。」

郭大路笑嘻嘻道：「你試試看。」

燕七道：「好。」

這下子他非但打出的石頭更多，而且用的力量也更大。

力量用得大，石頭的來勢也當然更急。

郭大路的身子滴溜溜一轉，他手裡忽然多了兩樣銀光閃閃的東西，就好像小孩子捉蝌蚪用的那種帶柄的兜網。

十來塊又急又快的飛蝗石，就好像蝌蚪一樣，幾乎全被他撈進網裡。漏網的最多也只不過有兩三塊而已，郭大路輕輕鬆鬆的就躲開了。

這下子燕七連眼睛都看得好像有點發直，瞪著眼道：「這是什麼玩意兒？」

郭大路笑嘻嘻道：「你看這玩意兒怎麼樣，你佩服不佩服？」

燕七道：「是不是王老大剛教給你的？」

郭大路得意洋洋，道：「就算是他教給我的，也得要我這樣聰明的人才學得會。」

燕七撇了撇嘴，道：「你幾時變得聰明起來了？」

郭大路笑道：「我本來就不笨，只要是好玩的花樣，我一學準會。」

燕七伸出手，道：「拿來給我看看。」

郭大路雙手立刻縮回背後，道：「不行。」

燕七道：「為什麼不行？」

郭大路道：「王老大說的，天機不可洩露。」

燕七道：「好，你再試試這個。」

這次他發暗器的手法更快，更絕。

十來塊小石頭，好像都變成活的，都帶著翅膀，還長著眼睛，專找郭大路身上最弱的地方打。

誰知道郭大路手裡的兩隻網，也好像早就等在那裡了。

這次十來塊石頭，能漏出網的居然只有一塊。

郭大路大笑，道：「現在你總該佩服我了吧？」

燕七瞪著眼，終於也抿嘴一笑，道：「看來你的確不笨。」

郭大路更得意，道：「老實說，接暗器的手法，我以前並沒有認真練過，只因爲……只因爲什麼你猜不猜得出？」

燕七道：「猜不出。」

郭大路道：「只因爲我的手天生就比別人快，眼睛也天生就比別人尖，所以根本不用練。」

燕七淡淡的說道：「所以，你才會挨那大蜈蚣一下子。」

郭大路居然一點也不臉紅，還是帶著笑道：「那不算，現在你再叫他來試試。」

他眼珠子轉了轉，又笑道：「聽說江湖好漢都有個能叫得響的外號，現在我倒想出了個外號，給我倒真合適。」

燕七道：「什麼外號？」

郭大路道：「千臂如來，鬼影子摸不著，快手大醉俠。」

燕七也忍不住笑了，道：「我倒也有個名號，給你更合適。」

郭大路道：「你說來聽聽。」

燕七道：「笨手笨腳，醉了滿地爬，輸王之王大呆鳥。你說這個外號適合不適合？」

三十　金子與面子

一

這家人的大門是朝南開的，一雙門環在太陽下閃閃發著光。

郭大路一走進這條巷子，就看見了這雙門環。

過了很久，他眼睛還在盯著這雙門環，就好像一輩子沒有看見過門環似的。

事實上，他這一輩子的確很少有機會看到這麼稀奇的事。

每家人都有大門，每個大門上都有門環。

這一點也不稀奇。

稀奇的是，這家人大門上的門環，竟是用黃金鑄成的。

郭大路在看著這門環的時候，燕七就看著他。

最近這兩人身上，就好像已有根繩子將他們串住了，郭大路在哪裡，燕七就在哪裡。

過了很久，郭大路才嘆了口氣，道：「這家人一定是個暴發戶。」

燕七眨眨眼，道：「暴發戶？」

郭大路道：「只有暴發戶才會做這種事。」

燕七道：「這種什麼事？」

郭大路道：「這種簡直可以叫人笑掉大牙的事。」

燕七道：「你錯了。」

郭大路道：「我哪點錯了？」

燕七道：「這家人非但不是暴發戶，而且還是江湖中有數的幾個世家大族之一。」

郭大路道：「哦？」

燕七緩緩的道：「用金子做門環，雖然很俗氣，很可笑，可是他這麼樣做，就沒有人會覺得可笑了。」

郭大路道：「我就覺得很可笑。」

燕七道：「那只因爲你不知道他是誰。」

郭大路道：「我知道。」

燕七道：「你真知道？」

郭大路道：「他是個人，一個滿身銅臭，財大氣粗，生怕別人不知道他有錢的人。這種人我既不想認得他，也不想跟他交朋友。這種人無論幹什麼，都跟我一點關係也沒有。」

燕七笑了笑，道：「只可惜這種人現在卻偏偏跟你有點關係了。」

郭大路看著他，道：「你總不會是要我來搶這對門環的吧？」

燕七笑道：「那倒還不至於，我們還沒有窮到這種地步。」

郭大路鬆了口氣，道：「那末，你叫我趕了半天的路，趕到這裡來，難道就是爲了來看這對門環的？」

燕七道：「也不是。」

郭大路又有點擔心的樣子，看著燕七，道：「我知道你一定沒有什麼好主意，所以一直都不痛痛快快的說出來。」

燕七笑道：「你放心，至少我總不會把你賣給人家的，我還捨不得哩。」

他的臉好像又有點發紅。

郭大路卻顯得更擔心，道：「一個人若沒有做虧心事，絕不會臉紅的。」

燕七道：「誰的臉紅了？」

郭大路道：「你。」

燕七轉過頭，道：「我看你眼睛發花才是真的。」

郭大路眼珠子直轉，忽然道：「我明白了。」

燕七道：「你明白了什麼？」

郭大路道：「一定是這家人有個沒出嫁的老姑娘，你想要我來用美男計。」

燕七忍不住「噗哧」一聲笑了，道：「你覺得自己很美？」

郭大路道：「雖然不太美，卻正是女人一見就喜歡的那種男人。」

燕七嘆了口氣，道：「你倒真是馬不知臉長。」

郭大路也嘆了口氣，道：「只可惜你不是女人，否則也一定看上我的。」

燕七的臉好像又紅了紅，卻故意板著臉道：「我若是女人，現在就一腳把你踢到陰溝裡去。」

郭大路道：「無論我怎麼說，反正我這次絕不上你的當。」

燕七道：「上什麼當？」

郭大路道：「那老姑娘一定又醜又怪，說不定還是個大麻子，所以才會嫁不出去，她就算有八百萬兩銀子的嫁妝，也休想叫我娶她。」

燕七用眼睛橫著他，冷冷道：「她若長得又年輕，又標緻呢？」

郭大路笑了，道：「那倒可以商量商量，誰叫你們是我的好朋友呢？爲了朋友，我什麼都肯做的。」

燕七道：「現在我只想要你做一件事，不知道你肯不肯？」

郭大路道：「你說。」

燕七道：「我只想請你到陰溝前面去照照自己的臉，然後再買塊臭豆腐來一頭撞死。」

這條巷子很寬，忽然間，一輛四匹馬拉著的大馬車，很快的衝入了巷子。

雖然這條巷子很寬，但郭大路和燕七若不是閃避得快，還是免不了要被撞倒。

郭大路瞪著已經衝過去的馬車，恨恨的道：「這條路又不是他一個人的，他憑哪點這麼樣橫衝直撞？」

燕七道：「只憑一點。」

郭大路道：「哪點？」

燕七道：「就憑這條巷子本就是他一個人的。」

郭大路怔了怔，這才發現巷子裡果然就只有那一家人。

馬車已停在這家人的大門外，本來靜悄悄的大門裡，立刻有十來個人快步奔了出來，幾個人用最快的速度卸下了拉車的馬，另外幾個人就將馬車推上了石階兩旁的車道上，推了進去。

車窗裡好像有個人往外伸了伸頭，看了郭大路他們一眼。

郭大路卻沒有看清這人的臉，只覺他的眼睛好像比普通人明亮些。

燕七道：「看樣子只怕是金大帥回來了。」

郭大路道：「金大帥是誰？」

燕七道：「就是你說的那個財大氣粗的人。」

郭大路道：「我果然沒有說錯吧。」

他冷笑著，又道：「金大帥，哼，你聽這名字，就該知道他是個怎麼樣的人了。」

燕七道：「有錢人並不見得就不是好人。」

郭大路道：「但他憑什麼要叫大帥？」

燕七道：「第一，因為他本就有大帥的氣派，第二，因為別人喜歡叫他大帥。」

郭大路道：「看樣子你好像也很佩服他。」

燕七道：「我能不能佩服他？」

郭大路道：「能，當然能……可是我能不能不佩服他呢？」

燕七道：「不能。」

郭大路道：「為什麼不能？」

燕七道：「你不是一向都很佩服你自己的嗎？」

郭大路道：「嘿嘿。」

燕七道：「所以你也應該佩服他，因為他跟你本是同樣的人，也很豪爽，很大路。」

郭大路道：「嘿嘿。」

燕七道：「嘿嘿是什麼意思？」

郭大路道：「嘿嘿的意思就是我不相信。」

燕七道：「等你看見他的時候，你就會相信了。」

郭大路道：「我根本就不想看見他。」

燕七道：「可是你卻非去看他不可。」

郭大路道：「為什麼？」

燕七道：「因為你不去看他，就只有去看那些債主的臉色了。」

天下還有什麼比債主的臉色更難看的？

一想到那些人，郭大路的眉頭就皺了起來，吶吶地道：「你……你難道要我去跟一個不認得的人開口去借錢？」

燕七道：「我知道你的臉皮還沒有那麼厚。」

郭大路道：「那末你叫我去看他幹什麼？」

燕七沉吟著，道：「武林中有很多怪人，譬如說，那位酸梅湯的父親。」

郭大路道：「你是說那位叫『石神』的老前輩？」

燕七點點頭，道：「你知不知道『石神』這名字是怎麼來的？」

郭大路道：「因爲他只用石頭做的兵器，而且用得很好。」

燕七道：「答對了。」

他接著又道：「但石器本是上古時人用的，因爲那時人們還不懂得煉鐵成鋼，現在什麼樣千奇百怪的兵器都有了，他卻偏偏還喜歡用又笨又重的石頭兵器，你說他是不是個怪人？」

郭大路道：「是。只不過……他跟這金大帥又有什麼關係呢？」

燕七道：「金大帥跟他一樣，也是個怪人，用的兵器也很奇怪。」

郭大路道：「他用什麼兵器？」

燕七道：「他只用金子做的兵器，而且是純金做的。」

郭大路眨了眨眼，好像已有點明白他的意思了。

燕七道：「他最善用的兵器，就是金弓神彈，彈發連環，一上手就是三七二十一顆，江湖中還很少有人能躲得開。」

郭大路道：「彈子也是金的？」

燕七道：「純金。」

郭大路道：「你想要我去跟他動手，接住他那些金彈，拿回來還賬？」

燕七笑道：「據說他的金彈子每顆至少有好幾兩重，而且一發就是二十一顆，你只要能接住他三四發，就不必再看那些債主的臉色了。」

郭大路用力搖一搖頭，道：「我不幹，這種事我絕不幹。」

燕七道：「爲什麼？」

郭大路道：「沒有爲什麼，不幹就不幹。」

燕七眼珠子一轉，淡淡笑道：「哦……我明白了，你是怕……」

郭大路大聲道：「我怕什麼？」

燕七悠然道：「你當然不是怕他，只不過是怕胖而已。」

郭大路怔了怔，道：「怕胖？」

燕七道：「金子雖然比鐵軟，但五六兩一顆的彈子，若打在人身上，還是很疼的。」

郭大路道：「哼。」

燕七道：「疼起來就會腫，腫起來就胖了，胖起來就不太好看。」

他又淡淡的笑了笑，接著道：「所以你就算不去，我也不會怪你的，你若忽然胖了起來，別人說不定還會以爲你吃了發豬藥。」

郭大路瞪著他，瞪了半天，板著臉道：「滑稽滑稽，真他媽的滑稽得要命。」

燕七道：「一個人若腫了起來，那才真的滑稽。」

郭大路又瞪了他一眼，扭頭就走。

燕七卻拉住了他，道：「你到哪裡去？」

郭大路冷冷道：「我最近餓得太瘦了，本來就要想法子變胖一點。」

燕七嫣然一笑，道：「你難道想就這樣衝進去，找人家去打架？」

郭大路道：「我還能用什麼法子去跟人家打架？難道跪著去求他？」

燕七笑道：「你就算真的跪著求他，他也未必會出手的。」

郭大路道：「哦？」

燕七道：「二十一顆彈子，畢竟要值不少錢，他又沒發瘋，怎麼會隨隨便便就用來打人？何況，萬一真打死了人，也不是好玩的。」

郭大路幾乎要叫了起來，道：「剛才逼著我，要我去的是你，現在攔著我，不要我去的，也是你，你究竟在搞什麼鬼？」

燕七道：「我並不是不要你去，只不過，要去找金大帥交手，也得要有法子。」

郭大路道：「什麼法子？」

燕七道：「你想想，要什麼樣的人才能令金大帥出手呢？」

郭大路道：「我想不出，也懶得想。」

燕七道：「只有兩種人。」

郭大路道：「哪兩種？」

燕七道：「第一種當然是他的仇家，若有仇家找上門去，他當然會立刻出手的，只可惜……你跟他一點仇恨也沒有。」

他嘆息著，好像覺得很遺憾的樣子。

郭大路板著臉道：「你難道要我去把他的老婆搶來，先製造點仇恨？」

燕七吃吃笑道：「據說他老婆又胖又醜，而且是個母老虎，你若真把她搶走了，金大帥說不定還會非常感激你。」

郭大路道：「哼哼，滑稽滑稽。」

燕七道：「幸好除此之外，還有種法子。」

郭大路道：「哼！」

燕七道：「武林中人誰也不願向別人低頭示弱的，所以，若有人冠冕堂皇的找上門去，找他比武較量，他就沒法子不出手了。」

他忽然從懷裡抽出張紅色的拜帖，嫣然地說道：「但這人當然也得是個有名有姓的人，譬如說，你笨手笨腳，醉了滿地爬，輸王之王大呆鳥這種人……你說是不是？」

全紅的拜帖，很考究。

上面端端正正的寫著個很響亮的名字：「千臂如來，鬼影子摸不著，快手大醉俠，郭大路拜。」

二

金公館的門房年紀已很大，滿臉都是老奸巨猾的樣子，接過這張拜帖，自己先看了看，臉上居然連一點吃驚的樣子都沒有，只是淡淡的問道：「這位郭大俠現在在哪裡？」

郭大路道：「就在這裡。」

老門房這才抬起頭看了他兩眼，乾笑著道：「原來閣下就是郭大俠，失敬失敬。」

郭大路道：「哼。」

老門房皮笑肉不笑的看著他，又道：「郭大俠你到這裡來，是不是想找我們老爺較量較量暗器的功夫？」

郭大路道：「你怎麼知道？」

老門房笑得就像是隻老狐狸，悠然道：「每個月裡總有幾位大俠要來，我若還看不出閣下是來幹什麼的，那才是怪事。」

郭大路沉下臉，道：「你既然看出來了，還不快去通報？」

老門房又上上下下打量了他幾眼，道：「看起來郭大俠今天好像還沒有喝醉吧？」

郭大路冷冷道：「大醉俠也並不一定是天天都要喝醉的。」

老門房道：「那末我勸郭大俠不如快回去的好。」

郭大路道：「爲什麼？」

老門房笑得更氣人，淡淡道：「因爲到這裡來的大俠實在太多了，我們家老爺說，他一看見大俠就頭暈，早就吩咐過我，什麼樣人他都見，連烏龜王八蛋、強盜小偷都可以請進去，可是大俠嘛……嘿嘿，他是絕不見的。」

拜帖又回到燕七手上。

郭大路氣得滿臉通紅，道：「這都是你出的好主意，我一輩子也沒丟過這種人，尤其是那老狐狸，就好像把我看成個賊似的，滿臉皮笑肉不笑的樣子，簡直可以把人活活氣死。」

燕七眨了眨眼，道：「你爲什麼不給他兩巴掌？」

郭大路道：「因爲我本來就是個賊，我做賊心虛，人家不給我兩巴掌，已經很客氣了，我怎麼還好意思去揍人？」

燕七笑了。

他笑的樣子當然比那老門房好看得多。

一看見他的笑，郭大路的火氣好像小了些。

燕七笑道：「原來你的臉皮並不太厚，比城牆還薄一點。」

郭大路嘆了口氣，苦笑道：「所以我現在只想快點走，愈快愈好。」

燕七又拉住了他，道：「你急什麼，我還有別的法子。」

郭大路好像嚇了一跳，苦著臉道：「你能不能不出別的主意了？」

燕七道：「不能。」

郭大路用手掩住耳朵，道：「我能不能不聽？」

燕七道：「不能。」

他用力扳開了郭大路的手，吃吃笑道：「這主意比剛才的好得多，你非聽不可。」

郭大路苦笑道：「你那不太好的主意，已經快把我的人都丟光，這好主意我怎麼受得了？」

燕七道：「你真的認爲這件事做得丟人？」

郭大路只有嘆氣。

燕七道：「我問你，大蜈蚣用暗器打你，你若接住了，會不會再送回去給他？」

郭大路道：「我又沒有瘋，爲什麼還要送回去給他？難道還想他再拿來打我？」

燕七道：「這就對了。」

郭大路道：「哪點對了？」

燕七道：「一個人若喜歡用金子做暗器，只要他自己高興，誰也管不著的，對不對？」

郭大路道：「對。」

燕七道：「他若用暗器來打我們，只要我們能接住他的暗器，就是我們的本事，對不對？」

郭大路道：「對。」

燕七道：「一個人若憑自己的本事賺錢，就沒什麼好丟人的，對不對？」

郭大路道：「對。」

燕七道：「現在已經有幾點是對的了？」

郭大路道：「三點。」

燕七道：「那末你還有什麼話說呢？」

郭大路道：「沒有了。」

燕七道：「你還想不想聽我的主意？」

郭大路又嘆了口氣，苦笑道：「簡直想得要命。」

其實明知付不出錢，還要去賒賬，也是件很丟人的事。

但郭大路卻硬著頭皮去賒了。

他本來是個最要面子的人，爲什麼會做這種事呢？

當然是爲了朋友。

無論誰這一生中，若交著一個肯爲他丟人的朋友，死了也不算冤枉。

卅一　老狐狸與大醉俠

郭大路並不喜歡罵人，也不太會罵人，但他嗓門可真大。

他站在金家的大門口罵人，連巷子外面的燕七都聽得清清楚楚。

巷口附近有棵大白楊樹，樹下有個石墩子。

燕七就坐在這石墩子上，聽郭大路罵人，臉上帶著很欣賞的表情，就好像在聽一個名角唱戲似的。

因爲郭大路罵的不是他。

郭大路罵的是金大帥。

「姓金的，你明明是個人，爲什麼要躲在屋裡做縮頭烏龜呢？你怕什麼，難道你鼻子已經被人打歪了，所以不敢出來見人？」

燕七愈聽愈得意，因爲這些話是他教給郭大路的。

「金大帥既然不肯見你，你就站在他門口去罵，罵到他出來爲止。」

這種法子就叫做罵戰，本來也是種很古老的戰略，而且通常都很有效。

兩軍對壘時，只要一方堅守不出，另一方就會派人去罵戰，罵得對方受不了，出來迎戰時，就算成功了。

據說諸葛亮就這樣罵過曹操。

郭大路本不肯這樣做，但燕七一句話就打動了他。

「連諸葛先生都能用這種戰略，你爲什麼不能？」

既然這是種戰略，並不是潑皮無賴的行徑，所以郭大路就去罵了，而且罵得真痛快。

金大帥只要能聽得見，不被他罵出來才是怪事。

怪事年年都有的。

郭大路的嗓門罵起人來，連三條街外的人都不會聽不見。

但金家的大門裡卻偏偏還是連一點動靜都沒有。

金大帥難道是個聾子？

別人還沒有被罵出來，郭大路自己反而先沉不住氣了。

燕七教給他的話，他已經翻來覆去罵了好幾遍，別人還沒有聽膩，他自己卻已經罵膩了，想找幾句新鮮些的話來罵罵，偏偏又想不出。

就在這時，那老奸巨猾的門房已施施然走了出來，手裡還搬著張椅子。

一張很舒服的籐椅。

這老狐狸居然將籐椅搬到郭大路的面前來，輕輕的放了下去，臉上還是那種皮笑肉不笑的樣子，連一點火氣都沒有。

郭大路怔了怔，忍不住道：「你這是幹什麼？」

老門房笑嘻嘻道：「這是我們家老爺特地叫我送來的。」

郭大路道：「他聽見我在罵他沒有？」

老門房道：「我們家老爺年紀雖不小，耳朵卻還沒有聾。」

郭大路道：「他叫你送這張籐椅來幹什麼？」

老門房道：「他是怕郭大俠罵得太累了，所以請郭大俠坐下來罵，還說郭大俠若罵得口渴時，無論要茶要酒，都只管吩咐，我立刻就爲郭大俠送來。」

他又笑了笑，接著道：「到這裡來的大俠雖然多，但罵人卻還沒有一個罵得比郭大俠更精彩的，所以我們家老爺希望郭大俠能多罵些時候，假如還能罵得大聲一點，那就更好了。」

郭大路看著這張籐椅，發了半天怔，連一句話都不再說，扭頭就走。

那老門房還在後面大笑道：「郭大俠要走了麼，不送不送，以後有空的時候還請郭大俠隨時過來，這裡不但有茶有酒，還有專治嗓子嘶啞的藥。」

郭大路簡直連鼻子都快氣歪了。

燕七看著他，搖著頭道：「我叫你去氣別人的，你自己反而氣得半死，這又何苦呢？」

郭大路恨恨道：「你若看見那老狐狸的樣子，不被他活活氣死才怪。」

燕七道：「他無論說什麼，你都當他在放屁，不是就沒有氣了嗎？」

郭大路道：「我無論說什麼，他都當我在放屁才是真的。」

燕七眨眨眼，道：「他真的罵你是在放屁？」

郭大路道：「雖然沒有說出口來，但那樣子卻比說出來更可恨。」

燕七道：「你居然受得了？」

郭大路道：「受不了也得受。」

燕七道：「爲什麼？」

郭大路道：「因爲我本來就是在放屁。」

燕七笑了。他笑的樣子當然還是比那老門房好看得多，卻已經好像沒有以前那麼好看了。

郭大路看著他，板著臉道：「你究竟還有多少好主意，索性一次說出來算了。」

燕七道：「你還想聽？」

郭大路道：「聽死算了，聽死一個少一個。」

燕七忽也嘆了口氣，苦笑道：「只可惜我也沒主意了。」

郭大路冷冷道：「像你這樣的天才兒童，怎麼也變得沒有主意了呢？」

燕七嘆道：「你說那門房是老狐狸，依我看，金大帥才真正是個老狐狸。」

郭大路冷冷道：「你不是說他一向很豪爽，很大方的嗎？」

燕七道：「他真的跟你動手時，若打不著你，就得賠出好幾百兩金子，若打傷了你，也得賠好幾百兩銀子的醫藥費。」

他又嘆了口氣，道：「我看金大帥最近一定上了不少次當，學了不少次乖，所以總算已想通這道理了，怎麼肯再上當呢？」

郭大路道：「他不上當，我就上當了。」

燕七嫣然道：「其實你也不能算上當，你總算痛痛快快的罵了一次人。」

郭大路道：「我能不能再罵一次？」

燕七道：「這次你想罵誰？」

郭大路道：「罵你。」

忽然間，一騎快馬馳來，郭大路已氣得什麼事都不感興趣了，也懶得回頭去看一眼。站在他對面的燕七，卻低下了頭，好像不願被馬上的人看見，馬上人的眼睛卻偏偏很尖。

這匹馬剛衝入巷子，突然一聲長嘶，人立而起。

馬上人好俊的騎術，韁繩一勒，人已躍起，凌空一個翻身，輕飄飄的落在郭大路他們面前，一身衣服比梅子還紅，紅得耀眼。

請續看《歡樂英雄》下冊

古龍精品集 54

歡樂英雄（中）

作者：古龍
發行人：陳曉林
出版所：風雲時代出版股份有限公司
地址：10576台北市民生東路五段178號7樓之3
電話：(02) 2756-0949　　傳真：(02) 2765-3799
封面原圖：明人出警圖（原圖為國立故宮博物館典藏）
封面影像處理：風雲編輯小組
執行主編：劉宇青
行銷企劃：林安莉
業務總監：張瑋鳳
出版日期：古龍80週年紀念版2019年1月
ISBN：978-986-146-636-1

風雲書網：http://www.eastbooks.com.tw
官方部落格：http://eastbooks.pixnet.net/blog
Facebook：http://www.facebook.com/h7560949
E-mail：h7560949@ms15.hinet.net
劃撥帳號：12043291
戶名：風雲時代出版股份有限公司

風雲發行所：33373桃園市龜山區公西村2鄰復興街304巷96號
電話：(03) 318-1378　　傳真：(03) 318-1378
法律顧問：永然法律事務所 李永然律師
北辰著作權事務所 蕭雄淋律師

行政院新聞局局版台業字第3595號 營利事業統一編號22759935

定價：240元

國家圖書館出版品預行編目資料

歡樂英雄／古龍作.　再版.　臺北市：
風雲時代，2010.02
冊；　公分
ISBN: 978-986-146-635-4（上冊：平裝）. --
ISBN: 978-986-146-636-1（中冊：平裝）. --
ISBN: 978-986-146-637-8（下冊：平裝）. --
857.9　　98023708